KB171069

언니믿지?

테마가 있는 폴앤니나 단편선

언니 믿지?

송순진 김서령 최예지 김지원
이명제 정여랑 윤화진 임혜연

✹ 폴앤니나

언니들이야말로 든든한 배후다.
우리도 당신의 배후가 되고 싶다.

정여랑

이 도서의 국립중앙도서관 출판예정도서목록(CIP)은 서지정보유통지원시스템 홈페이지 (http://seoji.nl.go.kr)와 국가자료공동목록시스템(http://www.nl.go.kr/kolisnet)에서 이용하실 수 있습니다. (CIP제어번호:CIP2020040462)

차례

할머니는 엑소시스트

중앙대 문예창작학과에 들어가 딱 3년 만에 창작을 포기하고 세상에서 제일 힘들다는 평범한 직장인이 되기 위해 분투했다. 지금은 간데없는 영화주간지 《필름2.0》을 시작으로 여러 영화전문지를 거쳤고 한달 벌어 한달 살기에 매진했더니 어느덧 13년 경력의 영화기자가 되어있었다. 함께 쓴 청소년소설 《열정페이는 개나 줘》를 출간하며 다시 소설을 쓰기 시작했다. 〈할머니는 엑소시스트〉는 처음으로 세상에 내놓은 싱글앨범이다. 지금은 《전주국제영화제》에서 반짝이는 창작자들을 더 반짝이게 만드는 일을 하고 있다.

좋은 일이 생길꺼에요—
농 순진

"이 허버럴 잡귀야! 용천을 하구 있어, 이 씨구빠질 잡귀가. 여기가 어디라고 와, 이 똥꾸녕을 싸멕여버릴 씨구빠질 잡귀가. 썩 물러나라, 썩 달아나라, 다시는 오지 말고 저승으로 썩 쫓겨나!"

누군가의 목소리가 아파트 복도를 넘어 중앙현관 앞까지 쩌렁쩌렁 울려퍼지고 있었다. 어떤 예의 없는 족속이 공포영화를 최대 음량으로 감상하고 있기라도 한 걸까. 앞뒤로 산이 둘러친 40년 된 낡은 아파트 전체가 바짝 긴장한 공기로 뒤덮였다. 낮고 굵게, 그러다가도 우렁찬 하이톤으로 이어지는 욕지기의 정체를 알게 된 것은 순영이 12층 4호, 집 앞에 도착해서였다.

아이고, 이 할매가 리모컨을 잘못 눌러 영화 채널이 틀어졌나. 순영은 별일 아니라 생각하며 도어락 비밀번호를 누르다 순간 손가락이 미끄러졌다. 자세히 들어보니 낯설지 않았던 그 목소리가 할머니의 것이었기 때문이다. 순영을 향해 가시내 방 꼴이 이게 뭐냐고, 가시내가 게을러터져서 설거지도 깔끔시리 못한다고, 숨만 쉬면 가시내를 불러젖히던, 할머니 목소리다.

현관을 지나 조심스레 방문을 열자 굽은 할머니의 등 너머로 가로누운 사람 하나와 그 옆에서 손금이 다 지워져라 손바닥을 비비고 있는 아주머니 하나가 보였다. 아주머니는 낮게 흐느끼며 기도를 읊조리는 듯했다.

마하반야바라밀다심경 관자재보살 행심반야바라밀다시 조견오온개공 도일체고액……

할머니의 반야심경 독송이 이어졌다. 할머니는 고래고래 욕할 때부터 들고 있었을 팔뚝만 한 싸리 빗자루를 들고 누워있는 사람을 연신 쓸어내렸다.

"할머니, 그거 내가 어제 계단 청소하던 빗자룬데……."

순영은 자기도 모르게 할머니에게 말을 던졌다. 이토록 엄중한 상황에서 나온 첫마디가 너무나 어처구니없다는 걸 알았지만 이미 엎질러졌다.

"다 끝났어, 이제 다 끝났어."

할머니는 빗자루 따위 아무려면 어떠냐는 듯 반듯하게 누운 사람의 머리끝부터 발끝까지 정성스레 쓸어내렸다. 기도하던 아주머니는 끝났다는 말에 더욱더 가열차게 흐느꼈다.

"일단 오늘은 여기까지 허고, 다음번에도 눈까락이 씩디비지면 다시 연락혀."

"아이고 보살님, 보살님아. 고맙소. 진짜뱅이로 고맙습니다."

아주머니가 누운 사람을 일으키자, 그제야 그는 희멀건 얼굴을 드러냈다. 서른? 마흔? 하도 매가리가 없어보여서 나이도 가늠치 못할 만큼 비실비실한 사내였다. 아주머니는 주섬주섬 옷가지와 가방을 챙기고, 남자를 짊어지다시

피 가누며 방을 나섰다. 저러고 어떻게 택시라도 타려나, 순영은 자기 일도 아닌데 괜스레 아주머니가 걱정됐다.

"그래서 오늘 늦게 들어오라고 한 거야? 할머니 지금 뭐 한 거야?"

"알 거 읎어. 젊은것들은 몰라도 돼."

"할머니, 그렇게 싸리비로 사람 치고 그래도 돼? 그러다 상처 나서 덧나고 그러면 할머닌 도와주고도 욕먹어. 괜한 짓 하는 거 아니야?"

"알 거 읎다고! 니는 언제 나더러 상관 말라고 하더니 니는 몬 상관이여?"

"으이구, 됐어. 알아서 하셔!"

순영은 신경질을 꽥 내면서 옆방 문을 열고 날름 들어갔다. 12.9평 아파트에서 갈 데라곤 이 작은방 하나뿐인 순영은 공연히 또 화가 치밀었다. 창틀이 삭아 창문을 열 때마다 나뭇가루가 먼지처럼 창밖으로 날아갈 때, 순영은 내 인생도 여기서 이렇게 썩다가 먼지가 되어 사라지겠구나 싶어 겁이 났다. 화도 나고 겁도 나고. 좋은 건 하나도 없다. 올해 순영의 나이가 서른일곱인데 벌써 11월이다. 이제 곧 서른여덟. 여전히 뭐 하나 마음대로 할 수 있는 게 없는 나이. 다니던 회사가 연달아 세번 부도를 맞고 쓰러지자 순영은 할 수 없이 가장 가까운 할머니 집으로 옮겨왔다. 벌써 3년째다.

신문사에선 아직 소식이 없다. 합격자 발표가 나도 만번은 났을 시간인데 말이다. 세번째 직장이었던 사보 기획사의 윤선배는, 지금은 오랜 프리랜서 생활을 접고 안정적인 조직으로 들어갈 마지막 나이라고 순영에게 조언했다. 세계의 거품경제는 이제 종말을 맞이했고, 지칠 줄 모르는 미국과 중국의 무역전쟁으로 한반도의 경제 상황이 풍전등화처럼 위태로우며, 엎친 데 덮친 격으로 코로나19 후폭풍이 다가와 한국 기업들은 도미노처럼 무너질 거라며, 너 같은 프리랜서가 먹고살 길은 점점 더 힘들어질 거라며, 꽤 진지한 표정으로 말했다. 다른 건 모르겠고 '마지막 나이'라는 말에 갑자기 심장이 쪼그라든 순영은 급히 구인사이트를 뒤져 작고 오래된 신문사에 입사 원서를 냈다.

언제나 어디서나 준비된 글쟁이.

자기소개서에 이렇게 써놓고, 순영은 손가락까지 부끄

러워져 한참을 머뭇거렸다. 하지만 취직을 할 수 있다면 이보다 더한 것도 쓸 수 있어야 했다. 까짓 이 정도 닭살스러운 자기소개서는 언니의 이혼 소장을 대필하는 것만큼이나 식은 죽 먹기지.

델렐렐레 델렐렐레……
집 전화가 울렸다. 모든 게 폭삭 무너져가는 이 집구석에선 전화기마저 골골거린다. 순영은 가방 속 물건을 추스르다가 전화벨 소리에 신경이 찌릿 곤두섰다. 할머니 방에는 들어가고 싶지 않아 가만히 기다리던 순영은 또 한번 꽥, 소리를 질렀다.
"할머니! 전화 안 받을 거야?"
그러나 한참을 기다려도 할머니는 기척이 없다. 방문을 빼꼼 열고 들여다보니 할머니는 벌써 기절한 듯 잠들었다. 순영이 여보세요, 하고 전화를 받자 저쪽에서 큼큼 마른기침 소리가 났다. 큰외삼촌이다.
"할머니 계시냐?"
"주무시는데요."
"깨워라."

순영은 발뒤꿈치로 할머니 어깨를 살살 밀었다.

"할머니, 전화 왔어."

그러나 할머니는 여전히 비몽사몽이다.

"못 일어나시는데요?"

"다시 깨워라."

"나중에 전화하시면……"

"너는 나이가 몇인데 아직도 인사도 제대로 안 하고. 내가 지금 시간이 없으니까 빨리 일어나시라 해."

이런 쇠고집이 없다. 자기 엄마한테 안부 한번 안 묻는 인간이 나이 타령이라니. 순영은 빨리 전화기를 넘기고 싶은 생각에 보다 적극적으로 할머니 어깨를 흔들었다. 할머니가 끙, 하고 돌아누우려는 찰나, 순영은 할머니의 어깨를 반강제로 잡아 돌리며 전화기를 넘겼다.

"큰외삼촌."

할머니가 번뜩 고개를 흔들며 자리에서 일어났다. 아들이 뭐라고. 저승길 잘 가시다가도 아들이 전화하면 밥이라도 차리러 돌아오시겠어. 순영은 순간 아니꼬운 생각이 들었지만 생각을 고쳐먹고 할머니 손을 꼭 잡았다.

아까 그렇게 호통을 치던 할머니는 간데없이, 세상 가

장 힘없는 사람처럼 전화통을 붙잡고 그래그래,만 읊조리는 할머니의 손은 비닐봉지처럼 사각거렸다. 이 인간이 또 무슨 소릴 하려고. 이 산골 낡아빠진 아파트에 자기 엄마를 방치하고는, 주민등록도 안 바꿔줘서 보건소도 못 가게 하는 저런 인간도 아들이라고. 매년 꼬박꼬박 부양가족으로 세금 혜택 받아먹으면서 한달에 꼴랑 10만원도 제때 못 보내는 저런 것도 아들이라고.

사실 이 집도 울 엄마 거잖아? 순영은 큰외삼촌 생각을 하면서 할머니 얼굴을 바라봤다. 저절로 얼굴이 찌푸려졌다. 할머니는 손을 휘휘 저으며 나가 있으라는 신호를 보냈다. 할머니 얼굴은 이상하리만치 해맑게 피어났다.

"왜, 무슨 소릴 들었길래 갑자기 얼굴이 폈대?"

"담달 보름께 한번 온대"

"웬일이래?"

"내 생일이라고."

"얼씨구? 그래도 엄마 생일은 아시나벼?"

"큰외삼촌한테 얼씨구가 뭐냐, 얼씨구가? 너도 어른 된 지가 언젠데."

"흥, 그래서 얼굴이 피셨구만. 손녀야 키워봤자 뭐 해.

아들이 중하지."

"그래, 손녀 키워봤자 뭐 허냐. 말끔하게 생긴 내 아들이 최고지."

순영은 참 이해 못 할 사람들이라 생각하면서도 오랜만에 할머니가 맞이할 기쁨이 반가웠다. 아들이 무서워 눈 한 번 똑바로 마주보지 못해도, 할머니는 외삼촌이라면 언제나 심장을 내어줄 듯 감격하며 사랑했다. 어릴 때부터 똑똑하기로 유명한, 잘난 아들이라서일까. 아니면 할아버지를 닮아 180센티를 훌쩍 넘은 허우대 때문일까. 이제는 쪼그라들었어도, 언제나 할머니 마음속에서는 세상 최고 잘빠진 인물 때문이었을까. 이어서 순영은 할머니에게 뭔가 좋은 소식이 들려오리라는 기대에 덩달아 벅차올랐다. 어쩌면 외삼촌이 할머니를 모셔갈지도 모르지. 그렇게 되면, 나는 이 집을 팔아서 시내 근처에 전셋집을 구할 수 있을지도 몰라. 신문사에서 합격 통보가 오면 어떡하지? 그럼 그때까지 기다렸다가 입사를 하면 회사 근처에 집을 구하자. 순영은 오랜만에 기대로 달뜬 밤을 보냈다.

할머니는 큰외삼촌이 온다는 보름께가 오기 열흘 전부

터 시장을 쏘다니며 자신의 생일잔칫상 준비를 시작했다. 오래 보관할 수 있는 곶감이며 과일들을 한두개씩 사 오더니 어제부터는 무며 배추며 콩나물이며, 본격적으로 음식을 준비하려는 모양이다. 수원에서 조카를 키우고 있는 순영의 엄마가 이틀 전에 가겠다고 그렇게 약속을 하는데도 요지부동이다.

"엄마, 내가 가서 한다니까 왜 이렇게 말을 안 들어? 무거워서 몇개나 들고 갈 수 있다고. 나랑 같이 가서 한꺼번에 사가지고 택시 타고 들어가면 되지."

"그냥 내가 사부작사부작하면 되는데 뭐더러 너 올 때까지 기다려. 너 기다리다가 황천길 가고 말지."

"아이고 참, 대희가 시간도 별로 없을 텐데 뭐 얼마나 먹고 간다고. 애들도 못 간다던데."

"너 먹일 거 아니니까 신경 꺼."

"순영이는?"

"맨날 밖으로 싸돌아댕기느라 바쁘지 뭐. 그년은 내가 시장 좀 같이 가 달래도 귓구녕으로도 안 들어."

"내가 뭘? 나도 먹고 살라믄 엄청 바쁘거든요?"

엄마와 할머니의 통화를 엿듣던 순영은 자기 이름이 나

오자 문을 열고 들어섰다. 할머니는 수화기를 내려놓더니 끙차, 무릎을 짚고 일어서서 방바닥에 펼쳐둔 콩나물을 다시 다듬기 시작했다.

"엄마, 나 할머니 생일에 중요한 면접이 있어."

"왜 하필이면 그날이래. 할머니 올해 팔순인데."

"올해가 할머니 팔순이야? 그런데 민욱이랑 재욱이는 안 온대? 가영 언니랑 나영이만 오고? 손자, 손자 노래를 부르더니 손자들은 다 어디 간대? 좋은 데 가나?"

할머니가 콩나물을 탈탈 털던 손으로 순영이 등짝을 짝, 내리쳤다.

"이노무 가시내, 씨불이는 것 좀 보소."

순영은 다시 한번 엄마에게 통보하듯 불참을 선언하고 방으로 돌아왔다. 사실 면접 따윈 없다. 얄미운 큰외삼촌과 마주치지 않고 싶어 가장 그럴듯한 핑계를 만들었을 뿐이다. 그리고 더 중요한 사실은, 더이상 순영이 입사지원서를 낼 만한 회사가 없다는 것이다. 툭하면 거리가 애매했고, 이제는 나이에 걸렸다. 마을버스로 다섯 정거장을 가서 지하철을 타고 다시 한시간 이상을 가야 도착하는 사무실 밀집 지역에 있는 회사들을, 순영은 체력이 예전 같지 않다며 고사하곤 했다. 그런데 이제는 그런 회사들마저 경력은 좋은데, 하면서 머뭇거리며 선뜻 면접을 잡아주지 않았다. 순영은 초라해진 기분으로 책상 앞에 앉았다.

내가 올해는 반드시 뭐라도 써야지. 쓰지 않고서는 내가 사람 새끼가 아니지. 내가, 이 최순영이가, 어릴 때부터 작가님 소릴 듣던 최순영이가! 절대로 지지 않겠다고 다짐하면서 순영은 노트북에 워드 프로그램을 띄워놓고 깜빡이는 커서를 끔뻑끔뻑 바라봤다. 부엌에서 팔팔 물 끓는 소리가 났다. 혹시 오늘 저녁엔 할머니의 콩나물국을 먹을 수 있으려나.

큰외삼촌이 들이닥친 것은 11시도 채 안 된 시각이었다. 할머니 생일이 되려면 아직 사흘이나 남았는데, 전화도 없이 온 것이다. 큰외삼촌은 잘빠진 블랙 세단을 3동 출구 앞에 세워두고 새것처럼 반짝이는 삼성 갤럭시폰을 들고 막 전화를 걸던 참이었다. 어젯밤 모처럼 만취해 술병이 난 순영은 동네 약국을 가려던 길에 큰외삼촌과 딱 마주쳤다. 떡진 머리에 번들번들한 얼굴이 민망했지만 역시나 큰외삼촌은 순영에게 관심이 없는 듯했다.

"할머니 계시나?"

"올라가 보시지, 왜요."

"가서 할머니 모시고 나와라."

순영은 다시 슬리퍼를 질질 끌고 엘리베이터를 탔다. 아까까지만 해도 바늘이 박힌 듯 속이 쓰렸는데 너무 당황한 나머지 아무런 느낌이 없었다. 엘리베이터에서 내려 복도를 걸으며, 순영은 잠자코 큰외삼촌 말을 듣고 있는 자신이 좀 어이없다고 생각했다.

현관문을 열자 할머니는 주방 바닥에 신문지를 펴고 앉아 갈비 기름을 바르고 있었다. 안 그래도 좁은 부엌이 온갖 살림살이들로 난장판이었다.

"할머니, 큰외삼촌이 기다려."

"응? 큰외삼촌이?"

할머니는 믿기지 않는다는 눈빛으로 순영을 바라봤다.

"몰라. 지금 밑에서 기다려. 빨리 내려오래."

할머니는 갈비 기름 묻은 손을 속바지에 쓱쓱 닦더니 2, 3초간 아무 움직임도 없이 그대로 서 있었다. 뭘 어떻게 해야 할지 생각 중인 모양이다.

"손 먼저 씻어. 기름 묻었잖아."

순영의 말에 할머니가 후다닥 싱크대로 가 손을 씻었다. 주방세제를 세번이나 펌핑해서 뽀독뽀독 깨끗하게. 그러고 나서는 옷걸이에 걸쳐두었던 바지에 빠르게 다리를 꿰었다. 연분홍 피케티셔츠에 버버리체크 몸빼 바지. 저 연분홍 피케티셔츠는 십몇년 전 설날에 큰외삼촌에게 받아왔다며 아끼고 아끼다가 몇년 전에야 꺼내 입던 것이다. 설날에 엄마한테 반팔 피케티셔츠를 선물하는 것도 웃기지만 저 옷 태를 보아하니 분명 남자 옷이다. 저런 걸 일부러 사 왔을 리가 없지. 누구한테 선물 들어온 걸 마침 생각나서 줬겠지.

짜증이 새삼 솟구칠 즈음, 할머니가 후다닥 나가는 소리를 들었다. 그나저나 아직 멀었는데 왜 벌써 와서 난리람? 순영은 다시 나가기가 귀찮아져 이불 속으로 숨어들었다. 오늘은 신문사에 전화를 해봐야지. 혹시 이력서에 전화번호를 잘못 적었나? 그것도 이따가 다시 한번 확인해봐야지. 전화가 안 올 리가 없어. 내가 경력이 얼만데. 순영은 휴대전화를 만지작거리다가 잠들었다.

두시간쯤 잤을까? 순영은 도어락 소리에 잠에서 깼다.

할머닌가 보다. 나가볼까 하다가 순영은 마음을 고쳐먹었다. 할머니가 즐거워 깨춤 추는 모습을 보면 자기도 모르게 또 빈정거릴 것 같았다. 할머니의 즐거움은 오직 큰아들 때문이고, 할머니의 슬픔도 오직 큰아들 때문이다. 오늘은 큰아들을 만났으니 오직 즐거움뿐일 것이다. 잠시만이라도 그 즐거움을 만끽하게 내버려두자. 아니, 귀찮으니까 나가지 말자. 그러나 분위기가 예전 같지 않다. 저렇게 큰아들 덕에 행복에 겨운 날이면 할머니는 힘이 불끈 나서 온 집을 휘젓고 다니며 일을 벌였다. 가스레인지 기름때도 닦고, 화장실 바닥도 박박 문질렀다. 언젠가는 갑자기 배추 세 포기를 사 들고 와서 김치를 담근 적도 있었다. 그런데 오늘은 이상하리만치 조용하다. 뭔 얘기가 잘 안 됐나? 순영은 자리를 걷고 일어나 할머니 방으로 들어갔다. 할머니가 가만히 앉아 손에 쥔 봉투를 들여다보고 있었다.

"할머니 뭐 해?"

"아무것도."

"봉투 받았어?"

할머니는 대답하지 않았다. 그냥 봉투 속을 한없이 바라보기만 할 뿐이다.

"어디 갔었어?"

"저짝 큰길 앞에 백숙집."

"할머니 거기 싫어하잖아. 닭 냄새난다고."

또 말이 없다. 순영은 머릿속으로 무슨 일이 벌어졌는지 훤히 그려졌다.

"으이구. 또 바쁘다고 아무데나 가자고 했구나?"

조금 있으면 눈물이라도 뚝뚝 흘릴 것처럼 할머니의 얼굴이 굳어갔다. 바싹 마른 주름이 갈라질 것처럼 위태해 보였다. 할머니는 봉투를 탁, 하고 바닥에 내려놓더니 순영을 쳐다보며 이야기를 시작했다.

"달랑 30만원이다, 30만원! 내가 세고 세고 또 세어봤는데 50만원도 아니고 30만원이여! 이노므스키가 오늘이 내 생일도 아닌데, 연락도 쳐 안 하고 일방적으로다가 쳐들어와서는 밥 한끼 사준다더니만. 내가 이참에 소고기 쪼까 묵고 싶어서 쩌짝 큰 마트 옆에 고깃집에 가자니까 차를 휙 꺾더니 여기 백숙집 있네, 그러면서 거기다 차를 쏙 대잖아. 내가 차림도 이렇고 남부끄로와서 가차운데 가자는 모양이다 그러고 그냥 따라갔지. 근데 내한테 물어도 안 보고 또 들깨삼계탕을 시키네? 내가 들깨만 먹으면 그렇게 속이 아프고 입안이 간지랍고 그러는데!"

"그래서 밥도 못 얻어먹었어?"

할머니는 갑자기 화가 치솟는지 머리에 열을 뿜으며 신나게 이야기를 하다, 밥도 못 얻어먹었냐는 순영의 말에 다시 시무룩해졌다.

"먹는 시늉만 하고 왔지."

할머니 얼굴에서 유일하게 반짝반짝 빛나던 볼살에서 바람이 빠지는 것이 느껴졌다.

"왜 오늘 왔대?"

또 대답이 없다. 무슨 일이 있긴 있었던 모양이다.

"뭔데? 또 뭔 핑계를 대고 생일날 안 올라고? 미리 수를 썼구만? 그렇지?

"어디 외국 간대."

그럴 줄 알았다. 이 인간은 정을 주면 안 되는 인간이지. 할머니는 전생에 나라를 팔아먹었을 거야. 그래서 그런 인간을 아들로 만난 거야. 순영은 손에 든 휴대전화를 두드려 엄마에게 전화를 걸었다. 이 모든 사실을 다 일러바칠 생각이었다. 순영이 큰외삼촌 욕을 할 때마다 질색팔색하던 엄마였지만, 이번만큼은 자신도 욕하지 않고서는 배기지 못

하리라. 엄마는 한참 있다가 전화를 받더니 순영의 고자질에 응응, 하고 낮은 목소리로 대답했다. 옆에서 조카 녀석이 고래고래 소리를 지르고 있었다. 엄마랑 통화만 할라치면 귀신같이 알아채고 옆에 붙어 우는 저놈. 아니, 저 새끼.

"와, 진짜! 내가 살다 살다 그런 인간말종은 처음이야."

"인간말종까진 아니고."

"엄마 팔순에 저 먹고 싶은 백숙 먹고 가는 놈이 인간말종 아님 뭐야? 그리고 또 외국에 가? 어디 여행이라도 가시게?"

"아니, 여행이 아니고 발령받았대. 영국에."

"영국?"

"응. 급하게 발령받았는지 재욱이랑 재욱이 엄마는 벌써 나갔대고. 비행기 표가 없어서 모레 출발하나 봐."

알싸한 느낌이 순영의 뒤통수를 휘감았다. 잘나가도 너무 잘나가시는 거지. 세상이 뭐 이래. 영국? 영국이라고? 내가 영국엘 얼마나 가고 싶었는데. 재수 없는 재욱이 새끼, 또 외국물 잔뜩 처먹고 들어오겠구만.

할머니의 셀프 잔칫상 준비는 중단됐다. 생선을 사두지

않은 것은 천만다행이었다. 냉동실이 이미 꽉 찼기 때문이다. 엄마는 언니에게 사정을 하고 약속대로 이틀 전 집에 왔다. 할머니가 사둔 재료들로 모처럼 밥 같은 밥을 먹게 되어 순영은 조금 기뻤다. 할머니는 순영을 위해서는 제대로 된 식탁을 차려주지 않았으므로. 문제는 할머니가 갑자기 내일 죽어도 이상하지 않을 사람처럼 군다는 것이었다. 주름진 얼굴에서 유난히 뽀얗게 빛나던 할머니의 양쪽 볼살에 바람이 빠진 이후부터다. 축 늘어진 할머니는 가끔 생각에 잠기는 것처럼 보였다. 아직도 봉투 속의 30만원 생각을 하는 걸까?

"할머니, 내가 20만원 채워줄게. 아니, 내가 그냥 50만원 줄게."

"니년 앞가림이나 하고 살아. 무슨 50만원이야."

"왜? 내가 돈 없을까 봐? 내가 이래 봬도 프리랜서로 3년을 버텼어. 프리랜서 3년이면 5년도 가고 10년도 가는 거야."

"5년이고 10년이고, 시집이나 빨랑 가. 돈도 못 버는 년이 옷이나 쳐 쌓았고."

"흥이다! 재작년에 민욱이네 가서는 매일 와이셔츠 빨아서 다려 입혔다면서!"

　할머니와 얘길 해봤자 순영은 남는 게 없다. 사랑받고 사랑을 주고 싶어도 할머니는 매번 다른 곳을 보고 있으니까. 게다가 할머니는 어릴 때부터 순영에게 군대에 가라고 잔소리를 했다. 순영아, 군대에 가. 군대에 가면 먹는 거 입는 거 싹 다 나온댜. 세상천지에 그런 데가 다 있어. 옷도 얼마나 멋이 나는지. 나는 다시 태어나면 군대에 갈란다. 할머니의 말에 대학입시를 앞두고 더욱 살이 떨렸던 순영은, 혹시나 엄마도 어떻게든 대학 등록금을 대지 않을 방법을 찾고 있을까 봐 무서웠다. 순영에겐 엄마도 할머니나 똑같은 사람이다.

　엄마는, 지금은 이혼한 언니네에서 조카를 봐주고 있고 전에 살던 널찍한 30평대 아파트는 팔아서 남동생 결혼할 때 줬다. 이 집만큼은 순영이 받고 싶어서 할머니와의 동거를 선택했지만 미래는 알 수 없는 일이다. 동생 그 자식이 무슨 사고나 치지 않길 바라야지. 순영은 할머니고 엄마고 뭣도 하나 해주는 거 없는 사람들이 자꾸 신경 쓰이는 게 화가 났다. 그래도 계속 신경이 쓰이는 건 어쩔 수 없는 노릇이다. 할머니의 짝사랑이 애달파서. 그 마음이 뭔지 알

것도 같아서. 순영은 3년 전 헤어진 남자의 이름을 페이스북에서 보게 될 때마다, 하루빨리 탈퇴해야지 다짐하면서도 여태껏 그 이름을 들여다보고 있는 자신의 꼴이 꼭 할머니 같다고 생각한 적 있다. 그렇게 짝사랑이란 저주가 대물림되고 있는 건 아닐까. 맙소사, 내 팔자야.

결국 순영은 할머니 생신 때 잡힌 면접이 취소됐다고 말하고 외식을 제안했다. 마침 도청 사거리 앞에 새로운 뷔페집이 오픈했다. 들은 바로는 생일이면 케이크도 주고 매니저가 돌잔치 사회도 봐주고 한다니, 제대로 된 팔순 잔치는 아니더라도 그 비슷한 건 할 수 있을 것 같았다. 동네잔치는 못할망정 가족끼리 방이라도 잡고 근사하게 먹어보자는 순영의 설득에 할머니와 엄마도 그러마고 고개를 끄덕였다.

언니네는 올 것이고, 동생네는? 이 호래자식은 온갖 아들 혜택은 다 얻어처먹고 집안 행사마다 뺀질거리는 꼴이 올해도 분명 핑계를 댈 것이다. 엄마한테 결혼자금 두둑이 받아먹고서는 제 새끼를 처가댁에 맡긴 게 죄스럽다며 주말마다 여행이다. 이번에 안 오기만 해봐라. 지옥에서 살아

남은 둘째 누나의 무서움을 보여주리라.

순영은 할머니의 팔순 잔치 손님 리스트를 써 내려갔다. 민욱이는 아예 부르지 말까. 그래도 얘가 회비를 제일 많이 낼 수 있을 텐데. 약국 하는 가영이 언니는 가게 닫으면 되니까 꼭 올 거고, 은행 다니는 나영이는 바쁘면 오지 말고 봉투만 보내라고 해야겠다. 그러고 나서 문득, 순영은 이참에 선물도 하나 준비해야겠다고 생각했다. 그까짓 늙어빠진 큰아들 짝사랑 잊어버릴 만큼 근사한 선물을 해주겠어. 여기 든든한 손녀가 있잖아.

경축! 성홍점 할머니의 팔순을 축하합니다.

새로 오픈한 집이라 그런가, 서비스가 꽤 좋았다. 전화 예약을 했을 뿐인데 저런 플래카드까지 걸어주다니. 하기야, 이런 시골 촌구석에서 서비스 안 좋다는 소문이라도 났다가는 대번에 망할 테니까. 순영은 오랜만에 남색 바지 정장을 입고 손님들을 맞이했다. 이 자리를 기획하고 총괄한 사람이 바로 저, 최순영입니다,라고 광고하듯이 순영의 목소리가 높아졌다. 오랜만에 모인 식구들이 삼삼오오 수다를 떨고 있을 때, 가영이 은근슬쩍 순영 옆으로 다가와 말을 걸었다.

"할머니랑 같이 살더니 철들었다?"

"철은 무슨. 그냥 기분 한번 내시라고 해드리는 거야."

"큰외삼촌은?"

"아침에 전화 한통 왔더라."

"그래도 전화한 게 어디야."

"참 다들 이해심이 대단해."

순영은 가영의 허리를 붙잡고 테이블로 향했다. 테이블 위는 이미 젓가락 놓을 자리도 없을 만큼 음식들이 가득 들어차 있었다. 중앙 테이블에 어른들과 앉은 할머니는 석화를 두 접시나 비운 듯했다. 맨날 〈6시의 내 고향〉 같은 TV 프로그램을 틀어놓고, 굴 캐러 가는 것만 나오면 꼴깍꼴깍 침을 삼키며 바라보던 할머니 모습이 스쳐 지나갔다. 순영아, 저거 봐봐. 너도 저런 리포터 해라. 좋은 데는 다 찾아댕기면서 온갖 맛난 거는 다 먹고 다녀. 저 석화 좀 봐봐라. 저거를 그냥 바로 막 잡은 거라 싱싱허고 탱탱허고. 저런 거 한번 먹어봤으면 소원이 없겠다. 나는 다시 태어나면 리포터 할란다. 리포터 하면 사방천지를 댕기면서 온갖 귀한 것을 다 먹고 다니잖아. 그러니까 할머니는 지금 소원풀이를 하고 있는 셈이다. 할머니 옆으로 석화 껍질이 쌓여갈수록 엄마의 타박도 높아졌다. 노인네가 자꾸 날걸 찾으면 탈 난다고.

순영은 가영의 손을 잡고 잠시 밖으로 나왔다. 준비해둔 생일 선물을 공개할 차례다. 할머니가 큰아들 다음으로 좋아하는 것은 돈. 그 돈이 할머니 살아생전 처음 받아보게 될 꽃바구니에 꽂혔다. 만원짜리가 백합처럼 돌돌 말려 바구니 전체에 빼곡하게 꽂혀있는 것을 보니 순영의 마음까지 다 벅차올랐다. 신이 나서 입이 귀에 걸리시려나? 할머니의 반응이 궁금했다.

순영은 커다란 꽃바구니를 들고, 가영은 생일 초가 꽂힌 케이크를 들고 룸으로 입장하며 생일 노래를 불렀다. 눈치 빠른 매니저가 형광등을 끄자, 눈이 소복이 내린 크리스마스처럼 따스하고 충만한 분위기가 만들어졌다. 할머니도 눈이 휘둥그레지며 웃었고 사람들이 손뼉을 치기 시작했다. 아마도 할머니 인생에서 가장 로맨틱한 생일일 것이다.

"자, 오늘 성홍점 할머니 팔순을 축하드리고요. 여기 익명으로 편지가 한통 왔는데요. 제가 읽어드리겠습니다."

포마드 기름을 바른 듯, 번쩍이는 3:7 가르마를 한 매니저가 양복 안주머니에서 카드를 꺼내더니 마른기침을 몇번 했다.

"사랑하는 홍점씨."

매니저가 느글느글한 미소를 띠며 첫줄을 읽자 좌중에서 폭소가 쏟아졌다. 할머니는 모처럼 배불리 석화를 드시더니 슬슬 내려오는 눈꺼풀을 이기지 못하는 듯했다.

"가을이 깊어지고 이제 다시 겨울이 시작됩니다. 겨울은 누군가 내게 주신 사랑에 대한 감사를 배우는 계절이지요. 저 역시 아주 먼 옛날부터 당신이 주신 사랑을 알고 있었지만, 이제 와 그것이 얼마나 고맙고 소중한 것인지를 아껴 아껴 배우고 있는 참이랍니다. 그리고 저 또한 매우 크고 아름다운 사랑을 당신에게 드리고 싶습니다. 언젠가 제가 더 큰사람이 되어, 더 큰어른이 되어 당신께 온전히 사랑을 드릴 날만을 준비하고 또 기대하고 있습니다. 홍점씨, 제가 준비한 오늘의 선물은 약소합니다. 그러나 언젠가는 더 좋은 선물을 준비해 찾아가겠습니다. 그날까지 부디 건강하시고 또 평안하시기를 바랍니다. 사랑을 가득 담아."

매니저의 낭독이 끝나자 또 한번 박수가 쏟아졌다. 할머니는 시큰둥하게 낭독을 듣는 듯하더니 배실배실 소리 없는 웃음을 짓다가 매니저가 커다란 돈 꽃바구니를 건네자 양 볼이 터지게 큰 웃음을 지었다. 조금씩 바람이 빠져나가던 풍선에 다시 질소가 채워지듯 할머니가 붕 떠오르는 것 같았다. 순영이 아무렇게나 써 갈긴 연애편지. 쓴 이가 누구인지도 염두에 두지 않고 막 써 내려간 그것을 할머니가 이렇게 좋아하실 줄이야. 할머니는 매니저에게 카드를 받아들더니 저고리 안쪽에 고이 넣었다.

　석화가 화근이었다. 엄마가 옆에서 그렇게 말렸건만. 할머니가 지금 아니면 언제 또 먹겠냐는 절박함으로 허겁지겁 석화를 쓸어넣을 때, 누군가 양팔을 잡고서라도 뜯어말려야 했다. 노인네가 생굴을 그렇게 드시더니 결국 체했는지, 팔순 잔치를 마치고 집으로 온 저녁부터 할머니는 헛구역질을 하기 시작했다. 엄마가 언니의 신경질을 한시간 넘게 받아주고서 하룻밤 더 자고 가기로 하지 않았더라면 이 모든 후폭풍은 고스란히 순영의 몫이었을 것이다.
　할머니의 등을 연신 쓸어내리는 엄마의 표정은 점점 어

두워졌다.

"이거 병원엘 가든지 약을 먹든지 해야지 안 되겠네."

"오늘 일요일이라 문 연 데 없을걸."

"내일 니가 병원 좀 모시고 가라. 엄마는 아침 일찍 출발해야 애기 어린이집 마치는 시간에 맞출 수 있어."

"아이참, 오늘 나는 3년치 효도를 했구만. 왜 아들딸이 넷씩이나 있는데 손녀한테 맡겨놓고 모두 나몰라라야. 오늘 잔치도 내가 준비 다 했거든?"

"별수 있어? 이러다 큰일나. 생걸 먹고 체하면 약도 없어."

할머니는 잠도 들지 못하고 계속 끙끙 앓다가, 헛구역질을 서너번 하다가, 까무룩 잠이 드나 싶다가 하면서 밤을 꼬박 새우고 병원에 갔다. 진료를 시작한 의사는 순영을 보더니 힐난하는 목소리로 물었다.

"할머니 굴 알레르기 있는 거 몰랐어요?"

순영은 어안이 벙벙해 고개만 가로저었다. 들깨 알레르기가 있는 것은 알고 있었지만, 굴 알레르기는 처음 듣는 얘기였다.

"그런 것도 있어요?"

의사는 순영의 말을 들은 척도 안 하더니 할머니 얼굴을 들며 큰 소리로 말했다.

"할머니, 굴 알레르기가 있는데 모르셨어? 그걸 얼마나 드셨어요? 많이 드셨어?"

할머니는 끙끙 앓으면서 고개를 주억거렸다. 침이 흐르는 것도 모를 정도로 정신이 들지 않는 모양이었다. 의사는 책상 위에 놓인 두루마리 휴지를 대충 뜯어 순영에게 건네면서, 할머니 나이가 많아 위험할 수도 있으니 큰 병원에 입원할 것을 권했다. 순영은 순간적으로 차로 한시간 거리의 대학병원까지 어떻게 할머니를 모시고 가야 할지 생각하다 암담해졌다. 일단 콜택시에 전화해서 병원 앞까지 와달라고 해야지.

순영은 간호사가 할머니를 휠체어에 태우는 것을 보면서 얼른 계산대로 뛰어갔다. 그때, 순영의 바지 뒷주머니에서 휴대폰이 부르르 울었다. 안녕하세요? 정동신문입니다. 경력 지원자 최순영씨 면접 일정을 안내해드립니다. 11월 28일 2시 문화프라자 3층 308호……

할머니는 대학병원 6인실에서 보름을 꼬박 앓았다. 주

말에 엄마가 병문안을 두번 왔을 뿐, 지방에서 식당을 하는 둘째 외삼촌과 학원 선생인 막내 외삼촌은 결국 오질 못했다. 다들 힘들게 시간을 내 팔순 잔치에 참석한 데다 연말이라 다시 시간을 내기도 애매했을 거라고 이해하면서도, 순영은 외삼촌들에게 화가 치밀었다.

물론 순영도 할머니 병실을 매일 들른 것은 아니다. 자신의 인생에서 어쩌면 마지막일지도 모를 신문사 면접을 준비해야 했기 때문이다. 면접이 끝난 뒤에는 갑자기 아르바이트가 생겼다. 윤선배가 선심 쓰듯 엘리베이터 사보의 취재 꼭지 하나를 던져줬던 것이다.

아침 첫 기차를 타고 부산까지 내려갔다 오느라 순영은 사나흘 동안 정신을 차리지 못했고, 그 사이 할머니의 병세는 많이 악화됐다. 그리고 며칠 뒤, 순영은 의사로부터 할머니가 위독하시니 임종을 맞이할 준비를 하라는 연락을 받았다. 할머니가 돌아가실 정도는 아니라고 생각했던 순영도 순영이거니와, 큰외삼촌에게는 연락도 안 하고 있던 엄마와 외삼촌들도 당황한 것은 마찬가지였다.

부랴부랴 영국에 전화를 건 엄마는 "그런 전화를 하는데도 시차 계산도 않고 꼭두새벽부터 전화한다고 신경질을 내더라"며 그제야 큰외삼촌에게 인간말종이라고 했다.

큰외삼촌이 도착하기 두시간 전에 할머니는 눈을 감았다. 엄마는 "대희가 곧 올 테니 조금만 기운을 내라"고 염불처럼 되뇌었지만 할머니는 가늘게 눈을 잠깐 떴다가 가셨다. 그래도 엄마가 옆에 있었으니 얼마나 다행인가. 아니, 별로 사랑하지도 않았던 딸이 임종을 지켜서 할머니는 서운했을까.

언젠가 순영은 엄마에게 물은 적이 있다. 엄마는 엄마가 안 미워? 엄마는 순영에게 말했다. 내 어릴 적에는 말도 마. 나는 고추밭에 일 보내고 대희한테만 몰래 백숙을 해줘 가지고 내가 그 뒤로 백숙은 쳐다보지도 않잖아. 그리고 한날은 내가 체해서 온종일 쫄쫄 굶고 있는데 할머니가 죽 한 그릇도 안 끓여주고 밭일 나가더라. 순영은 속으로, 엄마도 동생한테만 몰래 갈비찜 먹이다가 나한테 걸렸잖아, 하고 얘기하고 싶어 목이 간질거렸다.

순영은 대신 다른 질문을 건넸다. 왜 그런 말이 있잖아. 부모한테 사랑을 못 받으면 자식한테도 사랑을 못 준다고. 할머니도 어릴 때 사랑을 못 받았을까? 사랑 많이 받은 큰외삼촌은 왜 그런 사람이 됐지? 그러자 엄마는 대답했다. 외증조할아버지가 할머니를 진짜 끔찍하게 아끼셨어. 일곱 살이 다 되도록 대희를 업고 다닌다고, 엄마 힘들게 한다고 대희를 그렇게 나무라셨다? 그 시대에 딸자식을 그렇게 애지중지하는 사람 없다고 동네서 소문이 자자했대.

니 큰외삼촌은…… 원래 그런 사람인가 보다 해야지 별수 있나. 메마르기가 사막에 풀떼기 같고 정 없기로는 세상 그런 사람이 없을 거야. 그래도 얼마나 다행이니. 공부 잘해서 잘먹고 잘살고. 이혼도 안 하고 애 키우고. 세상에 얼마나 골칫거리 자식이 많은데. 술 먹고 엄마 패고 이혼해서 애 떠맡기고는 돈 한푼도 안 주고 사라지는 자식들도 있어. 그래도 내가 낳은 내 새끼가 신문에 이름나고 떵떵거리며 잘사는 게 얼마나 자랑이야. 그것만으로도 큰 자랑이지.

순영은 차라리 할머니가 남자 아이돌이나 한류스타를 사랑했다면 더 행복했겠다 생각하면서도 엄마의 말에 수긍할 수밖에 없었다. 아마도 할머니는 한류스타를 사랑하는 마음으로 큰외삼촌을 사랑했겠지.

그렇지만 할머니가 자기 자신을 좀 더 사랑했다면 얼마나 좋았을까. 적어도 속에 담아둔 욕을 딱 한바가지만 퍼부어주고 죽지.

할머니의 장례식장은 큰외삼촌의 서울집 근처 대학병원
에 차려졌다. 마치 예전부터 할머니가 큰외삼촌 집에서 계
속 살아왔던 것처럼. 순영은 염치도 없다며 큰외삼촌을 욕
했지만 친척들 대부분은 내심 반기는 눈치였다. 아무래도
자식들 대부분이 서울에 있는 데다 서울이 교통도 좋고 장
례식장도 깔끔하니 말이다.

순영이 장례식장에 도착했을 땐 이미 큰외삼촌 앞으로
온 화환들이 복도를 가득 메우고 있었다. 대표, 회장, 부사
장, 본부장, 상무, 이사, 교수, 박사…… 화려한 직함들이
리본 위를 뛰어다녔다. 순영은 애써 리본들을 외면하며 옷
을 갈아입으러 쪽방에 들어가려 몸을 돌렸다. 그 순간, 누
군가 순영을 불러 세웠다.

"저기요. 여기가 성보살님 상갓집 맞죠?"

매초롬하게 생긴 사내가 순영에게 물었다. 그의 뒤에는
낯익은 아주머니 한명과 60대로 보이는 할머니, 할아버지
다섯명이 서 있었다.

"성보살님이요?"

순영이 의아해할 때, 아주머니가 할머니의 영정사진을 알아보더니 맞네 맞아, 하면서 사내의 어깨를 잡아끌었다. 사람들은 가방에서 주섬주섬 봉투를 꺼내 남자에게 다 넘겨주고, 신발을 벗고 우르르 장례식장 안으로 들어갔다. 그러고는 할머니 영정사진 앞에 자리를 깔고 앉아 누가 먼저랄 것도 없이 다 같이 반야심경을 읊기 시작했다.

"마하반야바라밀다심경 관자재보살 행심반야바라밀다시 조견오온개공도 일체고액 사리자 색불이공 공불이색 색즉시공 공즉시색 수상행식 역부여시……"

반야심경은 점점 더 큰 소리로 울려 퍼졌다. 급기야 장례식장 복도를 가득 메울 정도가 되자 일하는 사람 몇몇이 시끄럽다는 시늉을 했다. 그러나 아무도 그들을 말리러 나서지 않았다. 큰외삼촌마저 장례식 절차에 대한 설명을 들으러 사무실로 올라가 있던 차였으니, 더더욱 누구 하나 나서는 사람이 없었다. 그저 멍하니 이들의 염불을 들으며 빨리 끝나기만을 기다릴 뿐이었다.

순영은 옷을 갈아입으며 이 사람들이 누군가, 여긴 어떻게 알고 찾아왔을까, 생각하다가 낯익은 아주머니와 사내의 얼굴을 기억해냈다. 싸리 빗자루. 할머니가 싸리 빗자루로 쓸어내리던 그 사내다. 사내는 그때의 희멀건 얼굴을 벗고 지금은 좀 생기를 되찾은 모양이다. 왠지 머리숱도 많아진 것 같고. 거기다 아주머니한테 거의 업혀가다시피 나갔는데, 제 발로 여기까지 온 것을 보니 건강이 좋아지긴 했나 보다.

그러고 보니 이 반야심경도 어딘가 익숙하다. 할머니가 새벽 4시만 되면 외기 시작하던 그 염불. 언젠가 순영은 인터넷에서 우연히 반야심경의 뜻풀이 글을 발견한 적이 있다. 누가 쓴 것인지 모를 그 글의 첫 문장은 "마음이 편안해지는 존나 쩌는 방법을 알고 싶어? 누구라도 행복하게 살수 있는 방법이 있는데 지금부터 그 힌트를 줄게."였다. 할머니의 뭉개지는 발음으로 수백, 수천번 들어왔던 반야심경을, 순영은 언제나 그 뜻을 영영 알고 싶지 않다고 생각해왔다. 그러나 인터넷에서 발견한 두 문장은 순영의 뒤통수를 한대 세게 내리치는 듯했다. 희로애락도 다 버리고, 과거와 현재와 미래에 대한 모든 후회와 기대도 버리고, 무엇에도 구애받지 말고 욕심을 내려놓으라는 조언. 반야심경은, 어쩌면 할머니가 돌려받지 못할 짝사랑을 계속하기 위해 매달리던 주술이자 자기 자신을 위한 위로였을 것이다. 그리고 지금 이들이 읊고 있는 반야심경은, 아마도 할머니가 이렇게 좋은 일을 했으니 복 받으시라고, 꼭 극락으로 가시라는 기도겠지. 그냥 좋은 일도 아니고, 적어도 사람 하나를 살린 좋은 일이니까. 할머니는 분명 굉장한 사람이었던 거다.

순영은 쪽방 문 앞에 서서 사람들을 바라보며 조용히 두 손을 모았다. 순영의 뒤에서 외숙모들이 수군거렸다. 누구야? 몰라요. 어머니 아시는 분들인가?

"우리 할머니가 엑소시스트였거든."

순영은 가만히 중얼거렸다.

"아제아제 바라아제 바라승아제 모지사바하 아제아제 바라아제 바라승아제 모지사바하 아제아제 바라아제 바라승아제 모지사바하……"

반야심경이 막바지로 향하고 있었다. 순영은 이제 분명히 안다. 반야심경의 의미도, 할머니의 정체도.

"할머니. 잘 가. 내가 잘 기억하고 있을게. 우리 할머니는 엑소시스트였다고."

순영은 뒤돌아섰다.

작가의 말

송순진

할머니. 내 소설 속 주인공으로, 조연으로 종종 등장했던 애증의 아이콘. 올해 95세. 언제 죽음이 찾아와도 이상하지 않은 나이. 얼마 전 할머니는 꿈을 꾸었다고 했다. 저승사자가 찾아와 이제 그만 가자고 하더란다. 할머니는 한치의 망설임도 없이 "그러마" 하고 따라나셨다. 대강당에 관들이 조로록 도열해 있고, 저승사자가 두명씩 짝을 지어 들어가 누우라 했다. 내 짝은 뉘요? 할머니의 물음에 저승사자가 어떤 이를 손가락으로 가리켰다. 30년도 전이었나, 까마득한 옛날 옛적에 알고 지내던 '구로동 친구'가 누워 있었다. 잘되었다, 친구랑 말동무나 하며 가야겠구나. 관에 들어가려다 할머니는 문득 멈췄다. 내가 이제 곧 죽을 텐데, 죽기 전에 요 앞을 한번 둘러보기만 하고 오겠다고, 할머니는 잠깐만 기다려 달라 신신당부를 한 뒤, 앞산을 둘러보러 나갔다. 그리고 돌아와 보니 모두 사라지고 없더란 이야기. 아버지 말에 따르면 할머니가 허구한 날 뒷산 앞산 옆산에 고사리며 쑥이며 캐러 다니는 바람에, 일주일에 두세번 방문하는 요양사가 할머니를 찾으러 온 산을 뒤지고 다니느라 고생 꽤나 했다고 한다. 그러니 제아무리 저승사자라도 단박에 할머니를 찾을 수는 없었을 것이다. 그런 할머니는 오늘도 "와 이리 안 죽어지노"라고 말하며 하루를 살아낸다. 누군가의 삶의 태도를 배워야 한다면, 다시 할머니다.

언니네 빨래방

김서령

중앙대 문예창작학과에서 공부한 뒤 현대문학 신인상을 받으며 작가가 되었다. 작가가 아닌 사람이 될까 봐 두려웠는데 작가가 되고 나니 더 두려웠다. 이 제야 즐기면서 소설을 쓴다. 소설은 역시 신나고 유쾌한 거였다. 《작은 토끼야 들어와 편히 쉬어라》, 《티타티타》, 《어디로 갈까요》, 《연애의 결말》 등의 소설을 냈고, 《우리에겐 일요일이 필요해》, 《에이, 뭘 사랑까지 하고 그래》 등의 산문집, 《빨강 머리 앤》, 《에이번리의 앤》, 《마음도 번역이 되나요 두번째 이야기》 등을 번역했다.

©우성하

미역국을 끓일 들통을 가지러 뒤란에 갔다가 보경이네
한테 딱 걸리고 말았다. 잔뜩 서운한 얼굴이었다.

　"언니! 진짜 이러기예요?"

　"또 뭘?"

　급한 마음에 시치미는 뗐지만 가슴이 뜨끔, 한다.

　키가 작은 보경이네는 담벼락 앞에 서면 딱 모가지까지
만 보이는데 며칠 전에 파마를 말러 간다더니 염색까지 했
나 보다. 새카만 뽀글머리가 담 위에 딱 얹혀 보기가 영 어

수선했다. 어쩌자고 저렇게 새카맣게 물을 들였나 몰라. 좀 적당히 할 것이지.

"시현이네만 중매 섰다면서! 우리 보경이는? 우리 보경이는 왜 안 해주고요? 뒷집 살며 이러시는 게 어딨어요?"

뒤란에 늘어놨던 들통 중 제일 큰 놈을 끄응차 들어내며 경자가 한마디했다.

"서울서 멀쩡히 직장 잘 댕기는 애를 뭐 하러 시집을 보내겠다 그래? 저 혼자 깔끔하게 잘살라 그래. 요즘 애들 똑똑해서 혼자서 다 잘살아."

보경이네가 죽상을 했다.

"시현이는 왜 해주고요? 학교도 우리 보경이가 더 좋은 데 나왔고 나이도 한살 더 많은데? 보경이가 더 급하잖아."

"시현이네가 그리 조르잖아. 누구라도 괜찮으니 한놈만 중매해달라고 아주 나를 달달 볶아대가지고……"

"혹시……"

"혹시 뭐?"

"우리 보경이 살쪘다고 중매 안 선 거 아니고요?"

"이게 미쳤나! 사람을 뭐로 보고!"

경자가 펄쩍 뛰었다.

소리를 지른 김에 들통을 들고 냅다 앞마당으로 뛰었다.
뒤에서 보경이네가 연신 경자를 불러댔다.

보경이네와 담 하나 사이에 두고 산 지 40년이다.

보경이네는 큰아들이 아장아장 걸을 때 이사를 와서, 둘째 아들과 막내 보경이를 여기서 낳았다. 보경이가 올해 서른여섯이라 했지.

지난 설에 내려온 걸 봤는데 살집이 투덕투덕 붙기는 했지만 어릴 적부터 원체 이쁘장한 얼굴이라 살이 쪄도 보기만 좋았다. 보경이네는 시집도 안 간 막내딸이 살집이 붙어왔다고 연휴 내내 딸을 잡았지만.

시현이네는 골목 끝집인데 경자가 총각 한놈을 두고 보경이와 시현이를 저울질한 건 사실이었다. 결국 시현이네로 넘긴 건 시현이 위로 하나 더 있는 큰딸도 시집을 안 가고 있었기 때문이었다. 그래도 둘 중 하나는 보내야 그 집 엄마도 좀 살지 않겠나, 하는 마음이었던 거다.

왜 총각은 한놈밖에 없어가지고. 한 골목 살면서 욕먹기 딱 좋은 일이라 시현이네한테 입 다물라고 그렇게 당부를 했건만 홀랑 소문을 내기는. 입 싼 여편네 같으니라고. 별

수 없지. 둘째한테 또 전화를 해서 총각을 한놈 더 내놓으라고 하는 수밖에.

"아주 결혼 중개업소 차리실라고?"

둘째가 비아냥거렸다. 경자는 흐흐흐, 웃고 말았다.

"이게 다 니년 때문이니 니가 책임져야지, 별수 있냐?"

빈말이 아니었다. 팔자에도 없는 중매쟁이 역할을 도맡게 된 건 다 둘째 때문이었다.

오래비가 장가를 가고 애를 셋 낳도록, 또 여동생이 시집을 가서 애를 둘 낳도록 결혼 따위 생각도 안 하고 살던 둘째가, 학교도 좋은 데 나와 직장도 잘 다니고, 대출을 끼긴 했지만 그 비싸다는 서울의 아파트도 떡하니 샀던 잘난 둘째가, 마흔살이 되어 동갑내기와 결혼을 해야겠다 나섰을 때 경자는 빽 소리부터 질렀다.

"뭐 하러! 니 나이에 다 늦게 뭐 하러!"

경자는 이미 손주가 다섯이었다.

며느리도 있고 사위도 있는데, 하나 더 보탠다고 기쁠 일도 아니었고, 며느리 사는 꼬락서니나 막내딸 사는 꼬락서니를 보아도 여자 인생 굳이 결혼해서 호강할 일 크게 없다 생각하는 축이었다.

그렇다고 다 큰 딸의 결혼을 반대하는 것도 우스운 일이라 얼떨결에 끄덕였지만.

"연정시에서 결혼할 생각은 하지도 마. 니 오래비랑 막내도 다 여기서 해가지고, 세번째 결혼식까지 여기서 하면 동네 사람들한테 민폐야. 나도 이 동네 사람들 셋째 결혼식엔 가지도 않았어."

"거기서 왜 해? 여기 예식장 예약했어."

이 잘난 연놈들은 상의도 없이 지들 멋대로 서울에서 예식장을 잡고 역술원에서 기껏 받아다 준 날도 깡그리 무시했다.

경자는 무리하지 말라고, 세번째 결혼이니 서울까지 안 가도 된다고 동네 사람들에게 미안한 얼굴로 청첩장을 돌렸다. 마흔살 먹은 딸년이 시집을 간다고 사람들은 저희끼리 신이 나서 대절 버스에 올랐다. 한 차 가득 채워 새벽에 출발했다. 며느리와 막내를 불러놓고 전날부터 과일을 씻고 썰어 1인분씩 포장하고 스티커를 붙였다.

우리 엄마가 베이킹소다 풀어 깨끗하게 씻은 과일입니

다. 안심하고 드세요.

스티커에는 그렇게 쓰여 있었다.

떡과 술과 보쌈 고기도 가득 실은 버스였다. 일흔이 다 넘은 노인네들은 오랜만에 떠나는 나들이가 흥겨워 도착하기도 전에 취하고 지쳤지만, 식장에 들어서자마자 눈이 휘둥그레졌다. 그건 경자도 마찬가지였다.

넓어도 그렇게 넓은 식장은 처음이었다.

연정시에서 제일 큰 예식장 특실에서 두 녀석을 떵떵거리며 시집장가 보내봤지만 거기에 댈 일이 아니었다. 준비된 스테이크가 700접시라고 했다. 이것들이 돌았나. 음식 다 남길 참이냐고 욕을 퍼부으려 했는데 식장은 순식간에 들어찼다.

사실 연정에서 온 노인네들이 놀란 건 식장의 규모라기보다는 신랑 때문이었는데, 그것도 충분히 경자가 짐작 가능한 일이었다.

마흔살 딸년이 시집을 간다 할 땐 분명 머리가 다 벗어지고 배도 좀 나오고, 어쩌면 한번 갔다 온 놈일 거라 생각도 했을 것이었다. 경자가 총각이라 말은 했지만 그걸 다 믿었을 리가. 분명 애 딸린 홀아비일 것이라 마음대로 생각한 이들도 있었겠지. 경자도 그걸 둘째에게 숱하게 확인을 받았으니 말이다.

"한번 갔다 온 놈이면 니년은 내 손에 죽을 줄 알아!"

둘째는 흥, 코웃음을 쳤더랬다.

신랑은 멀쩡했다. 경자가 신랑 예복을 해 입히라고 보내준 100만원에다 얼마를 더 보탰다고는 하던데, 예복을 차려입은 신랑은 어찌나 다리가 길쭉하고 인물이 좋은지 네 시간 버스 길에 지쳤던 경자의 어깨에도 절로 힘이 들어갔다. 게다가 소복한 저 머리털은 어떻고.

신랑과 신부의 친구들은 테이블마다 자리를 잡고 앉아 재잘재잘 떠들어댔는데 그 모습까지 하도 어여뻐 경자는 그만 눈자위가 뜨끈해지고 말았다. 하여튼 잘난 년이야. 어릴 때부터 그랬어. 보통 년은 아니었지, 우리 둘째.

결혼식이 끝난 후 경자는 두달 내내 사람들에게 밥을 샀다. 처음엔 서울까지 가준 사람들이 고마워서 밥을 샀고, 그다음엔 축의금만 주고 식을 못 본 사람들을 위해 밥을 샀고, 밥을 사는 자리마다 "형님은 딸을 어찌 그리 잘 키웠소? 나는 무슨 테레비에 나오는 연예인 결혼식인 줄 알았네." 하는 소리가 듣기 좋아 자꾸 밥을 샀다. 그러고는 중매 부탁이 쏟아졌다.

"신랑 친구들이 정말 많더만. 그중에 총각들 있을 거 아니야. 우리 딸 직장도 좋아. 그런데도 시집도 안 가고 저러고 있어서 내 속이 말이 아니야. 좀 해줘, 형님, 응?"

집마다 시집 안 간 딸들이 하나씩은 있었다.

총각들이 단체로 어디로 숨어버린 건지 당최 경자도, 동네 사람들도 그 이유를 알 수는 없었으나 세상에는 딸들만 남아있는 것 같았다. 그럴 때마다 둘째에게 전화를 걸었고 둘째는 생색을 있는 대로 내며 종종 선 자리를 만들어 주었다. 딱 1년 동안만 그랬다.

망할 년.

둘째는 딱 1년을 살고 헤어졌다. 그 와중에 애도 낳았다. 핏덩이를 두고 양육권 소송을 2년이나 했다. 그사이에 둘째가 중매를 섰던 두 집이 딸들 결혼을 시켰다. 이 뻔뻔하기 그지없는 연놈들은 소송 중임에도 두 결혼식 모두 참석해 서로 아기를 안고 있겠다고 신경전을 벌였다. 그 꼴을 보고 있는 경자의 속이 어땠는지는 오직 경자만이 알 일이었다.

"누가 결혼한다면 좀 말리고 그래. 좋을 게 뭐가 있다고 자꾸 중매를 서래? 날 보고도 몰라?"

얘는 누굴 닮아 이렇게 뻔뻔한 것인지 그 야단을 치며 결혼을 좋내고도 기도 한풀 죽지 않았다.

"어쨌거나 보경이는 어떻게 좀 해줘. 보경이 엄마가 아주 나를 잡아먹는다. 시현이만 해줬다고."

"엄마, 은주 이혼한 건 알아?"

"은주가?"

경자는 화들짝 놀랐다. 은주는 요 앞 중앙슈퍼집 큰딸이다. 둘째가 소송 중일 때 결혼을 한 두 집 중 한 집이다. 어제도 은주네랑 약국서 마주쳤는데.

"그런 말 없던데?"

"엄마도 나 이혼한 거 동네 사람들한테 숨겼잖아."

"숨기긴."

"그럼, 말했어?"

"그냥…… 떠벌릴 일은 아니잖아."

둘째가 푸르르 웃었다.

"거봐. 은주 아줌마도 그냥 말 안 한 거지."

그래서 얼굴이 요새 영 안 좋았나. 경자는 전화를 끊고 골목으로 나가 보았다.

골목 모퉁이 중앙슈퍼는 문을 닫은 지 이미 오래다. 40여 년 전 이 동네에 주택단지가 들어섰을 때 경자는 30년 장기 융자를 받아 입주했다. 대지 50평에 건평이 25평.

중앙슈퍼집은 대지가 70평이라 마당을 막아 점포를 냈다. 그 시절엔 연정시에서 제일가는 현대식 주택단지였지만 다 옛날얘기다. 고층 아파트들이 연정시를 촘촘하게 채워가는 동안 주택단지는 낡아졌고 단지가 하도 넓어 재건축도 쉽지 않았다. 동네 사람들은 한곳에서 집처럼 늙어졌다.

자식들은 다 자라 떠났고 손주들마저도 다 자라 몇년 전에는 놀이터 자리를 허물고 공용주차장을 만들었다. 마당을 막아 쌀집을 내고 뜨개방을 내고 슈퍼를 냈던 집들은 더는 장사가 되지 않아 가게 문을 닫았지만 도로 허물려니 돈이 들어가야 해서 마당이 없는 대로 그냥 살았다. 주택단지 안에 두 곳이나 되던 초등학교도 오래전에 폐교했다.

은주가 이혼을 했구나. 괜히 중매를 서 가지고는.

경자는 들통 가득 끓였던 미역국을 냄비에 덜어 중앙슈퍼집 대문을 발로 빵 걷어찼다. 이 동네 대문은 다 그렇게 열렸다.

"내가 그 얘기 다 하자면 밤을 새워. 사흘도 새워. 그런데 미역국은 뭘 이리 많이 가져왔대요?"

"중신 잘못 서면 뺨이 석대라는데, 미역국이라도 끓여 바쳐야지, 내가."

은주네가 웃었다.

"헤어질 거면 후딱 헤어지지, 새끼는 왜 싸질러가지고 그 고생을 하는지. 내가 아주 죽겠어요, 언니."

그러게 말이다, 내 말이 그 말이야…… 경자는 속엣말이 절로 튀어나올 뻔했다.

"은주가…… 연정에 내려오겠다네요. 슈퍼 자리에서 장사를 해보겠다고."

"그게 뭔 소리야? 여기서 무슨 장사를 해?"

"그러게 말예요. 언니, 내 속이 젓갈이 다 됐어."

젓갈이 될 만도 했다. 노인네들로 가득한 이 동네에서, 거기다 비워둔 지 10년도 더 된 가겟자리에서 무얼 한다고. 도대체 무얼.

사실 40년을 한동네에서 살다 보면 비밀이 있기 어려웠다. 은주가 두살배기 아들을 들쳐업고 내려왔을 때 동네 사람들은 다 눈치를 챘다. 굳이 입 대는 사람은 없었지만 곰국을 끓여 들른다거나 말린 가자미를 몇마리 들고 오는 식으로 인사를 건넸다.

집마다 결혼 안 한 자식들이 하나쯤 있는 것처럼 이혼한 자식들도 하나씩은 있어서, 경자는 가만 보면 자신만 둘째의 이혼 사실을 숨기고 있는 건가 싶기도 했다.

"결혼식을 그렇게 거창하게 해놨으니 내가 차마 딸년 이혼했단 말을 못 하는 거지! 나도 사람인데 민망스럽잖아!"

남편에게도 몇번이나 단도리를 했고 아들 내외와 막내에게도 그랬다.

"엄마, 은주가 다 알 텐데. 은주가 언니 찾아가서 막 울고불고했다며? 괜히 말 안 하고 있다가 나중에 엄마만 우스워진다?"

막내의 말에도 경자는 털어놓질 못했다.

은주가 내려오고 며칠이 지난 후 경자는 그 집 대문을 또 빵 걷어찼다.

"아줌마가 미안해, 은주야."

"아우 참, 아줌마! 그게 뭐예요? 이상하잖아요!"

어릴 때부터 싹싹했던 은주는 잘도 웃었다.

그늘졌을까 봐 걱정했는데, 둘째만큼이나 말짱해보여 다행이었다.

"아줌마가 회까닥 미쳐가지고서 너를 시집을 보내버렸어. 고생시켜서 진짜로 미안해."

"저, 사업해서 잘살 거예요. 하나도 걱정하지 마세요. 돈 엄청 벌 거예요."

그런데 여기서 무슨 돈을 버나…… 경자는 일단 입을 다물었다. 아이를 업은 은주네가 찐 옥수수를 들고나와 경자에게 내밀었다. 이 여편네도 참, 지금 옥수수가 입에 들어갈 일인가. 마음이 다 짜부라질 판인데.

"그래, 이혼이 뭐 대수냐. 잘살아 봐라. 불쌍하게 살면 내가 니년을 먼저 죽일 것이야."

은주네가 옥수수 알을 이로 훑어내리며 으르렁거렸지만 은주는 여전히 생글생글 웃었다.

"나쁠 게 뭐 있어? 꼴 보기 싫은 놈 버리고 왔는데. 나는 아주 그냥 세상 시원하네."

"애는 왜 싸질러, 싸지르긴."

"엄마. 내가 결혼은 빵점으로 했지만 그나마 남은 게 요 새끼야. 남자 버리고 친구 데려왔잖아!"

요년이 딱 우리 둘째구나. 둘째도 저딴 소리를 잘도 지껄 였는데.

"그럼 차라리 딸을 낳지! 뭐 하러 아들을 낳아?"

"아들이 어때서?"

경자가 뜨악하게 은주네를 쳐다보았다. 은주네가 부르 르 몸서리를 쳤다.

"나는 세상에서 남자 새끼들이 제일 싫어. 아주, 아주 싫 어!"

은주의 남동생은 은주가 연정에 내려오기 직전 중앙슈 퍼집에 들러 법석을 떨어대고 갔다.

빤했다. 이혼한 누이가 엄마 혼자 사는 집을 덜컥 먹어버 릴까 봐 안달이 난 거였다. 이혼한 주제에 동네 망신스럽게 애 데리고 내려오는 게 보기 싫다며 핑계를 댔지만 속내는 누가 봐도 집이었다.

"야, 이 새끼야. 니 누나가 이혼하느라 혼이 탈탈 털려가지고 엄마한테 와서 좀 지내겠다는데 도와주겠단 말은 못 할망정 그게 할 소리냐?"

아들에게 그렇게 소리치며 은주네는 속이 말도 못 하게 쓰라렸단다.

집 팔아봐야 1억이나 간신히 나오려나, 경자는 은주네의 하소연에 말을 잃었다.

멀쩡히 회사에 잘 다니던 은주네 남편은 벌써 20년도 전에 바람이 나 집을 떠났다. 어느 년이랑 잘산다는 소문도 한때 돌았지만 자식새끼들 결혼식에도 오지 않은 걸 보면 어디서 혼자 쭈그렁바가지 노인네로 늙어가는 모양이었다. 굶어 죽지나 않았으면 다행이지.

남자 새끼 싫다고 소리를 치면서도 손자는 또 물고 빠네. 하여튼 은주네도.

"너, 은주 세탁소 할 거라는 거 알고 있었냐?"

경자는 놀란 마음을 달래며 둘째에게 전화를 걸었다. 둘째는 아무렇지도 않은 목소리로 대답했다.

"세탁소가 아니라 빨래방."

"그러니까, 그게 그거지."

"좀 달라. 아무튼 빨래방. 그런데 왜?"

"걔가 돌았냐?"

경자는 진심으로 놀랐다.

은주는 연정시가 있는 도내 국립대학, 그것도 경영학과를 나온 애였다. 그런 애가 세탁소라니.

"아니, 그년이 지 엄마 생각은 안 해? 어디 대학까지 나온 년이 엄마 사는 동네에서 세탁소를 하냐? 제정신이냐? 지 엄마 망신을 줘도 분수가 있지!"

"빨래방이라니까. 그리고 그게 어때서? 그거 요즘 엄청 핫해. 엄마가 몰라서 하는 소리야. 은주 하는 거 봐서 잘되면 나도 하나 차릴까 싶은데?"

"이것들이 쌍으로 돌아버렸나!"

경자는 전화를 확 끊어버렸다.

빈말 잘 하지 않는 둘째 입에서 저런 소리가 나오니 가슴이 막 후들후들 떨려왔다. 이 망할 년들.

기함을 한 건 은주네도 마찬가지였다. 은주네는 경자가 있는 자리에서 눈물을 철철 흘렸다. 경자는 수건 한장을 집어 은주네에게 건넸다.

"내가 니년 삯빨래 시킬려고 대학을 보냈니? 차라리 어디 먼 데 숨어 삯바느질을 하든지. 여기선 안 돼. 난 그 꼴 못 봐."

은주는 천연덕스럽게 대답했다.

"딴 덴 가겟세 때문에 못 가. 삯바느질은 돈도 안 되잖아? 그리고 난 바느질 할 줄 몰라."

잘났다, 참말로 잘났다…… 남의 집 딸이라 대놓고 욕은 못 했지만 경자도 속에서 천불이 올라왔다.

중신 잘못 선 죄가 있어서 경자는 모른 척할 수 없었다. 가게 수리에 들어가는가 싶더니 순식간에 어마어마하게 큰 세탁기와 건조기들이 실려왔다.

"도대체 이 노인네들이 사는 동네에 빨래방이 웬 말이냐고. 집에 세탁기가 다 있는데."

경자의 말에 은주가 냉큼 대답했다.

"아줌마, 지긋지긋하지도 않아요? 이 동네 와서만 40년 동안 빨래를 했어요. 이제 좀 편하게 사시자고. 여기 와서 그냥 돌려! 막 돌려요! 건조까지 싹 해서 보송보송하게 가져가면 끝이에요."

"아니, 집에 세탁기 놔두고 왜애!"

"건조기!"

"마당에서 널면 되는 걸, 왜애!"

인부들이 세탁기와 건조기를 설치하는 동안 은주는 경자 앞에 바짝 붙어 앉았다.

"아줌마, 연정시라고 해서 미세먼지 없는 줄 아세요? 기껏 빨래 잘해서 미세먼지 잔뜩 묻혀가지고, 그걸 다시 입어요? 안 돼요, 이젠 건강도 생각해야지."

놀고 있네, 말이 되는 소릴 해야지. 우리가 빨래를 40년만 했겠어? 빨래 같은 건 일도 아니라고. 힘든 줄도 몰라. 그건 그냥 밥 먹는 거랑 똑같다고, 이것아. 경자는 그만 일어서려 했다. 그때 은주가 경자의 옷자락을 잡았다.

"아줌마."

경자가 돌아보았다.

"저, 도와주세요."

가슴이 철렁 내려앉았다.

둘째도 누군가의 옷자락을 잡았을까. 잘난척대장 그년이 그랬을 리는 없겠지만 또 모를 일이었다. 아아, 가슴이 왜 이리 벌렁거리는 것일까. 경자는 괴로워졌다.

"아줌마가 도와주셔야 해요. 그래야 제가 여기서 살아남을 수 있어요. 전 여기에 인생 걸었어요. 부탁드려요."

　내가 참말로…… 못 살겠다, 경자가 중얼거렸다.

　이 동네 대부분 집은 노인네 둘이거나 혼자였다. 빨랫감이 그리 많을 일도 없었거니와 누구한테 빨래를 맡겨본 적이 없는 사람들이었다. 드라이클리닝도 아니고 말이야.

　"그러니까 이틀에 한번, 사흘에 한번 세탁기 돌리지 말고 한달에 한번만 여기 오는 거죠. 세탁 4천원, 건조 4천원. 한달에 8천원이면 끝."

　"그럼 빤스가 서른장씩 있어야겠네? 한달에 한번 빨래를 한다면?"

　"빤스 서른장 있으면 안 돼요? 이마트 가면 빤스 열장에 만오천원인데? 4만5천원이면 빤스 서른장인데?"

　"수건도 서른장?"

　"지금도 수건은 서른장 넘을걸요?"

　그건 맞다. 수건은 서른장 넘는다.

　은주는 시범 삼아 수건 빨래를 해 보였는데, 햇볕에 빠닥빠닥 수세미처럼 마른 수건과는 다르긴 했다. 폭신폭신하네. 젊은것들이 환장할 만하긴 하겠어. 경자는 공책에다 차

근히 써 내려갔다.

빤스 서른장, 수건 서른장, 폭신폭신 마름.

"또 뭐가 있어?"

"제가 다 개어드릴 거예요. 여기다 빨래 바구니 던져놓고 가시면 제가 다 돌려서 착착 개어드릴게."

"우리 집 양반 빤스까지 니가 개어준다고?"

"못 할 게 뭐 있어요? 개어드려요."

"느이 엄마 기절한다? 그러라고 너 키웠냐?"

"괜찮아요."

경자는 공책에 또 썼다.

빤스도 개어줌.

"그래도 뭔가 부족해……"

경자의 말에 은주가 눈을 도르륵 굴리더니 말했다.

"배달."

"배달?"

"네, 전화 주시면 제가 빨래 가지러 갈게요. 끝나고 다시 배달. 어때요?"

"노인네들이 할 일도 없는데 빨래 들고 왔다갔다하면 되지, 뭔 배달까지."

"원하시는 분들은 배달. 아니면 빨래 수레 대여해 드리고요. 그냥 들면 무거우니까."

아까부터 빨래 담는 수레가 탐나긴 했다. 저런 거 하나 사서 빨래 넣어 끌고 다니면 모양새도 괜찮고…….

"또 뭐가 필요할까요, 아줌마?"

"배달은 됐고, 수레나 빌려주면 될 거 같애. 여기 놀고먹는 할배들 보고 끌고 다니라 하면 되지, 즈이들도 덜 심심하고. 바둑판 들여놓으면 안 되나?"

"좋아요!"

은주가 기쁘게 소리쳤다. 경자가 또 공책에 썼다.

수레 빌려줌. 바둑판.

하지만 경자는 곧 '바둑판'에 죽죽 줄을 그어버렸다.

"아니야, 이건 아니야. 할배들이 여기 드나들면 여자들이 안 와."

아, 그렇구나. 은주가 끄덕거렸다.

"그럼, 안마의자 들여놓을까요?"

"안마의자는 요 앞 사우나에도 있어."

"거긴 2천원 내고 쓰잖아요. 여긴 공짜로."

경자는 그만 혹했다. 공짜 안마의자라니.

갑자기 이 공간이 아늑한 사랑방처럼 느껴졌다. 커피와 차와 간식거리들이 있고, 안마의자가 있고, TV가 있는 곳. 빨래를 돌려놓고 종종 짜장면도 시켜 먹고 콩국수도 시켜 먹으면 그거, 괜찮겠네. 그래서 경자는 공책에 썼다.

안마의자. 짜장면. 콩국수.

경자는 공책과 폭신폭신한 수건 두 장을 수레에 싣고 빨래방을 나섰다. 본격적으로 영업에 나설 시간이었다. 이래 봬도 이 동네에서 통장을 20년이나 해먹었다.

빤스 서른장 이야기에 질겁하던 동네 여자들은 은색으로 반짝이는 빨래 수레를 보며 이쁘다, 이쁘다 감탄했다.

게다가 까만 가죽 손잡이는 또 어떻고.

"마트 갈 때 좀 빌려주면 좋겠다아!"

보경이네가 하나마나 한 소리를 주절거렸다.

"수건도 좀 만져봐. 폭신폭신하잖아. 우리가 그동안 뭘 몰라가지고 맨날 미세먼지 잔뜩 묻은 수건만 쓴 거야. 그러니까 젊은 애들이 똑똑하긴 해. 안 그래? 우리도 이제 젊은 애들 말도 좀 듣고 살아야 해."

수건에 관심을 두는 여자들은 많지 않았지만 안마의자와 짜장면과 콩국수는 반응이 좋았다. 하지만 무엇보다도 여자들이 빨래방을 찾아간 건 은주가 이혼을 해서였다.

빤스 서른장, 수건 서른장 운운했지만 매일 아침 빨래하는 것이 일상이었던 동네 여자들은 빨래를 그렇게 모아둘 줄 몰랐다. 아무때나 빨랫거리를 들고 왔고 두어번 수레를 빌려 써본 뒤 그것도 그만두었다. 하긴, 골목길에서 수레를 밀고 다니면 덜컹거리기나 하고 바퀴만 상하지. 비싼 걸 텐데 아깝게스리.

통유리로 된 빨래방 앞을 지나다가 누군가 안에 있으면 문을 열고 들어왔고, 안마의자 공짜로 쓰는 게 미안해서 집에 도로 가 빨랫거리를 털어왔다. 누군가 김치찌개 냄비를

통째 들고 오면 은주네가 식은밥을 양푼 가득 퍼왔고, 은주
는 열심히도 빨래를 개었다.

긴 테이블을 빼고 평상을 놓은 건 아무래도 잘한 일이었
다. 동네에 아기들이 원체 드무니 두살배기는 누가 안아줘
도 안아주었다. 은주는 재바르기가 말도 못 해서 동네 여자
들이 수다에 빠져 있는 동안 날래게 빨래를 집마다 배달하
고 돌아왔다. 대문이야 발로 빵 차면 되는 일이었으니까.

"밥해대느라 돈이 더 나가겠어."

경자는 종종 은주네에게 농을 던졌다.

짜장면이고 콩국수고 시켜 먹을 일이 없는 게, 은주네는
대놓고 동태찌개를 끓이고 청국장 비빔밥을 내놓았다. 동
네 여자들은 밥을 먹으러 한줌 빨랫거리를 들고 빨래방에
왔다.

빨래방은 아주 오래전부터 이 동네에 있었던 것 같았다.
은주는 여전히 빨래를 잘 개고 배달도 잘했다.

"우리가 아직 경로당 갈 나이도 아니고, 그래서 갈 데가
없었는데 빨래방이 있어서 너무 좋네."

동네 경로당은 적어도 팔순은 넘어야 갈 수 있는 곳이었

다. 아직 일흔 줄의 경자 또래들은 넘볼 수 없었다. 가 봐야 80대 호호할머니들 시중이나 들어야 했다.

호호할머니들이 오며 가며 빨래방을 들여다보고는 안마 의자를 부러워했기 때문에 은주는 개업 1주년 기념으로 경로당에 안마의자를 기부했다.

은주는 둘째와 통화 중이었다.

혹시 이것이 정말 빨래방 2호점이라도 낼 건가? 경자는 가슴이 쿵덕거렸다.

"은주야."

전화를 끊은 은주에게 경자가 가만히 물었다.

"니들 무슨 얘기 했냐?"

"네?"

"걔…… 연정에 내려온단 건 아니지?"

"언니요? 내려온다는데요?"

이런 망할 년.

경자는 일단 집으로 뛰어들어갔다. 벌렁거리는 가슴을 가라앉히며 전화를 걸었다.

"뭔 소리야? 기어이 연정엘 올 거야?"

"응."

"니가 왜? 나 죽는 꼴 보려고?"

"별말씀을 다 하셔. 내가 왜 엄마 죽는 꼴을 봐?"

"빨래방 할 거야? 너 그거, 만만한 거 아냐. 은주가 얼마나 개고생을 하는 줄 알아?"

"빨래방 말고."

"그럼?"

잘난 년이라고 그렇게 안심하려 애썼지만, 아이를 낳고 혼자 키우는 일은 둘째에게도 녹록지 않았다. 복직도 말처럼 쉬운 일이 아니었다. 사부작사부작 무언가를 준비하고 있다는 낌새가 있기는 했다. 모아둔 돈도 아마 거의 다 털어먹었을 텐데.

"사업할 거야."

"놀고 있네. 사업은 아무나 해?"

"엄마."

"왜?"

"내가 누구야? 나 엄마 딸이야. 둘째."

속도 좋지, 이년은. 까르르 잘도 웃는다.

"나 연정 내려가서 주택 리모델링 회사 차릴 거야. 그래서 우리 동네 집 내가 다 고쳐줄 거야. 완전 이쁘게, 완전 세련되게!"

미친년…… 소리가 절로 터져 나왔다.

"나 리모델링 공부 엄청 했어. 내가 보통 년 아니란 건 알지? 어차피 우리 동네 아줌마들 딴 동네 이사도 못 가. 그 집 팔아 얼마 나온다고? 아파트 못 가. 돌아가실 때까지 살아야지. 그렇다고 막사나? 담들 다 무너질 판이지? 대문들 다 삭았지? 발로 빵 차면 우수수 녹들이 막 떨어지지 않아? 그거 다 고치고 살아야 해. 마당엔 잔디 이쁘게 깔아줄게. 그 좁아터진 곳에 감나무가 뭐고 전나무가 웬 말이야? 다 베어내고 제라늄이랑 라벤더 심어드릴게. 흉하게 살면 자식들도 안 놀러 와. 내가 연정 내려가서 3년 안에 우리 동네 집들 3분의 1을 고쳐놓을 거야. 그리고 서울 복귀할 거야. 어때? 괜찮지?"

경자는 한숨을 쉬었다. 결국 둘째 이혼 사실을 고백해야 하나. 한참을 마루에 앉아 있다가 경자는 공책을 찾아들고 집을 나섰다. 마침 빨래방엔 은주뿐이었다. 은주는 평상에 걸레질을 하다가 경자를 맞았다.

"은주야."

"네, 아줌마."

"이번엔 니가 나를 좀 도와줘야겠다."

은주가 함빡 웃었다.

"그럼요. 그래야죠."

작가의 말

김서령

여성연대에 관한 테마 단편선을 기획한 건 나였다. 일곱명의 작가에게 청탁을 하고 원고를 기다리고 있었는데, 한편 한편 도착하는 소설들을 읽고 있자니, 손이 근질근질해졌다. 아, 나도 끼고 싶어. 언니들 이야기 너무 신나. 나는 이 책의 기획자라 누구보다 먼저 원고를 볼 수 있다는 커다란 혜택을 누리는데, 정여랑 작가가 보내온 한 문장에 그만 마음을 흠뻑 빼앗기고 말았다. 언니들이야말로 든든한 배후라는 말. 그래, 배후. 나는 더 참지 못하고 책 편집은 팽개친 채 작업방에 틀어박혀 소설을 썼다. 연정시에 아담하고 오래된 동네를 만들고 오지랖 넓은 경자 아줌마, 속 좋은 은주 아줌마, 잘난척대장 둘째와 깡다구 끝내주는 은주를 만들었다. 빨래방도 열었다. 그랬더니 그들이 알아서 서로의 배후가 되어주었다. 다정하고 단단한 배후. 그래서 이 책은 애초 기획보다 두꺼워졌고, 나는 기획의 말 대신 작가 후기를 쓰게 되었다.

사춘기가 끝나면서부터는 오빠를 믿어본 적 없다. 나는 오랫동안 언니들과의 연대를 기대했고, 연대를 믿었고, 또 연대하며 살았다. 언젠가 마음이 다 식어버린 애인에게 결별을 고했을 때 그 남자는 분노에 찬 얼굴로 나를 몰아붙였다. 솔직히 말하라고, 네 친구라는 그 여자애와 그렇고 그런 사이 아니냐고. 나는 "놀고 있네"라는 한 마디로 그를 내보냈다. 이별도 예의를 지켜가며 할 생각이었는데 엉망으로 만든 건 내 잘못이 아니었다, 아무리 생각해도.

언니들이 가진 다정하고 경쾌한 힘을 믿는다. 그리고 소설의 힘도 믿는다. 그렇기에 〈언니네 빨래방〉 후속편도 써볼 생각이다. 그러려면 둘째가 연정에 빨리 내려와야 한다. 이혼녀와 비혼녀 친구들을 잔뜩 몰고 연정엘 내려와 주택 리모델링 회사를 차리는 거다. 너무 낡아 세도 안 나가는 집 한채를 빌려 예쁘게 수리한 뒤 사무실로 쓸 것이다. 그들은 드릴과 톱을 허리에 차고 페인트 통을 번쩍번쩍 들고 나르며 연정의 오래된 집들을 고치러 다닐 거다! 먼지 묻은 작업복은 은주네 빨래방에 가져가면 되니 걱정할 것 없다! 경자 아줌마가 망할 년들이 이젠 떼로 몰려다니기까지 한다고 욕을 퍼부어도 언니들은 눈도 깜짝 않고 잘살아낼 것이다.

이 소설이 판타지가 될 것인가.
그렇지 않았으면 좋겠다.

엄마한텐 비밀이야

언제나 뿔 한 사람. 1989년 전주에서 태어나 단국대학교 문예창작과를 졸업했다. 2016년 매일신문 신춘문예로 등단했으며 같은 해 걸은 작품으로 황진건문학상을 받았다. 2018년과 2019년에 테마 단편선 《나는 그만두기로 했다》와 《동네가 세파렐질 때까지 반인산책일》에 참여했으며, 2020년 소설집 《애비로드》를 출간했다.

마음을 담아,

최예지

연희와 연우는 안쪽의 상황을 엿보려고 애썼다. 갑자기 연우가 유리창에 바짝 붙였던 고개를 틀어 입구를 확인했다. 연희는 반사적으로 팔을 뻗어 그녀를 붙들었다.

"왜 그래?"

"개새끼가 하는 짓이 가관이네."

연희의 손을 가차 없이 뿌리친 연우가 카페 안으로 들어갔다. 연희는 창문에 얼굴을 바짝 가져다대고 상황을 건너다보았다.

'개새끼'의 곁에 처음에는 없던 여자 한명이 서 있었다. 잔꽃무늬가 그려진 원피스 차림이었다. 연우가 그녀에게 몇마디 말을 건네자, 급격히 안색이 어두워졌다. 여자는 거의 도망치다시피 자리를 벗어났다.

곧이어 연우가 테이블 위의 커피를 개새끼에게 던져버렸다. 개새끼의 얼굴을 가격한 플라스틱 커피 컵은, 흡사 폭발물이 터지듯 온 사방에 내용물을 흩뿌렸다. 연우의 행동에 흠칫 놀란 연희가 뒷걸음질쳤다. 그녀는 오른손을 들어 제 두 눈을 가렸다.

"쟤는 어, 그냥 얌전하게 끼얹기나 하지."

연희는 마른세수를 하며 생각을 정리했다. 일단은 저 개새끼를 조지는 데 일조하는 게 우선이었다. 그리고…… 무조건 엠바고였다. 이건, 엄마가 알면 진짜로 안 돼.

연희와 연제 그리고 연우. 이들 자매에게는 무슨 일이 있어도 지켜야 할 약속이 하나 있었다. 이들은 그걸 '세 자매 협정'이라 불렀다. 아직 개시한 적 없는 원피스를 누군가 몰래 입고 나갔어도, 휴일의 즐거움으로 아껴뒀던 간식이 부지불식간에 털려 없어져도 상대가 비밀이라 선언한 일만큼은 엄마에게 일러바치지 않는 것.

이들은 다양한 비밀을 갖고 있었다. 엉망인 성적표나 카드 고지서와 같은 사소한 일에서부터, 입 밖으로 꺼내놓는 순간 서로를 상처 입히게 될 어떤 사실들까지. 그들은 거의 언제나 함께 자랐으므로, 엄마만 모르는 비밀을 여럿 공유하는 사이가 되었다.

연희는 협정이 체결되던 날의 풍경을 아직 기억했다. 신축 아파트가 살던 동네를 에워싸듯 들어서던 시절이었고 그때 그녀와 그녀의 두 동생은 아직 초등학생이었다. 집값이나 땅값이 어쩌고 하는 어른의 일이야 알 바 없는 사정이었으나, 새 아파트의 등장은 그들에게도 자못 기껍고 설레는 사건이었다. 새 아파트에는 새 놀이터가 있으니까.

공사 현장에서 퍼다 날랐을 것 같이 거칠거칠한 흙더미가 아니라. 동네 철공소로 출근하는 아저씨들이 오며 가며 윤활제를 발라주지 않으면 귀신이 비명을 지르는 것처럼 끽끽거리는 뺑뺑이가 아니라. 헐거워진 쇠사슬의 이음매에 손바닥 살이 끼는 그네가 아니라.

거기에는 새하얗고 깨끗한 모래사장이 있었다. 모래를 만진 손바닥에서는 쇠 비린내가 아니라 햇빛 냄새가 났다. 하늘을 뚫을 것 같이 엄청나게 높은 정글짐이 있고 반짝거리는 쇠기둥과 밧줄로만 이루어진 거미집도 있었다. 대항해시대를 연상케 하는, 나무로 만든 구름다리와 원통형의 미끄럼틀이 있었다.

그들은 서로의 손을 잡고 놀이터 원정을 다녔다. 물론 엄마에게는 비밀이었는데, 사실 놀이터에 나가 노는 것 자체가 이들에겐 허락되지 않은 일 중 하나였다. 엄마는 놀이터에 이상한 어른이 많이 온다고 했다.

동네 놀이터에는 정말이지 이상한 일이 많았다.

어느 날은 놀이터 한가운데 시커먼 비닐봉지 하나가 덜렁 놓여있기도 했다. 호기심을 못 이긴 막내가 끝끝내 입구의 매듭을 풀어보고 비명을 질렀다. 봉지 안에는 누가 봐도 사람이 싼 게 분명한 양과 색을 가진, 한 무더기의 똥이 들어있었다.

연희는 가끔 그날의 일을 떠올리고는 했다. 그녀는 어른이 된 지금까지도 이해할 수 없는 일이 있다는 게 신기했다. 무슨 사정이 있어야 비닐봉지에 똥을 싼단 말인가? 어떤 연유로 그걸 애들이 노는 놀이터에 버리고 간단 말인가? 그걸 단순히 장난이라고 생각해도 될까? 그건 차라리 악의에 가깝지 않을까.

　연제는 아침부터 분주했다. 전날 밤 그녀를 미행하기로 작당한 연희와 연우는, 그녀가 연우의 영양크림을 바르고 연희의 재킷을 걸치는 걸 적당히 모르는 척했다. 이윽고 두 사람은 연제가 엄마의 구두를 꺼내 신었을 때 눈빛을 교환했다.

　연우는 연제보다 앞서 집을 나섰다. 미리 밖으로 나간 그녀가 멀찍이서 방향을 보아둔 다음, 연제를 따라 나온 연희와 접선하기로 한 거였다. 두 사람은 연제하고의 거리가 지나치게 가까워지지 않도록 주의하며 그녀의 뒤를 밟기 시작했다. 연우가 문득 혀를 찼다.

　"언니 저거, 뒤축 갈린 거 알면 엄마 난리 칠 텐데."

　발에 익지 않은 구두를 신은 연제는 간간이 절뚝거렸다. 그 꼴을 가만히 바라보던 연희가 픽 웃어버렸다. 애도 아니고 진짜.

　"신경이나 쓰겠냐. 쟤는 이미 눈이 멀었어."

　연우가 킬킬거렸다. 연희가 연우의 입을 막았다.

　"조용히 해. 들켜."

　"이것도 엄마한테는 비밀이지?"

연우가 과장되게 목소리를 낮춰 물었다. 연희는 천천히 고개를 끄덕였다. 이 세상에는 엄마가 알아서는 안 되는 일이 너무 많은 것 같다고 생각하면서.

그날도 이들 자매는 이웃 동네의 새 놀이터에서 흙장난을 하고 있었다. 저물녘쯤엔가, 낯모르는 남자애 하나가 주위를 뱅뱅 돌며 머물렀다. 그들보다 한배 반쯤 덩치가 큰데, 살결이 허옇고 어딘가 굼떠 보이는 인상의 애였다.

그 애는 어떻게든 자매의 관심을 끌고 싶은 것 같았다. 이따금 영문을 알 수 없는 소리를 지껄이다가, 연제의 정수리에 자갈 같은 걸 한가득 뿌리고 도망을 갔다. 멀찌감치 선 채 발길질을 해서 연우에게 모래를 끼얹기도 했다. 그 바람에 일껏 만들어놓은 모래성 귀퉁이가 조금 부서졌다. 연제와 연우가 울음을 터트렸다.

연희는 작게 한숨을 내쉬었고, 자신의 권위를 살려야 할 때가 왔다고 생각했다. 그녀는 이들의 친구이자 큰언니였으므로 모두를 대표해 준엄히 경고했다.

"그만해."

"뭐?"

뜻밖에 그 애는 얼빠진 표정이 되어 대답했다.

"싫으니까 하지 마. 저리 가서 혼자 놀아."

"나하고 같이 놀아."

그 애는 자기가 여태껏 무슨 짓을 했는지 잘 모르고 있는 것 같았다. 애가 좀 멍청한가? 연희는 속으로만 읊조리고는 느리게 대답했다.

"너라면 너랑 놀고 싶겠어? 그만 괴롭혀. 가."

남자애의 표정은 시시각각 변했다. 연희는 어른이 된 이후에도 누군가의 부탁을 거절해야 하는 순간이 올 때마다 그 애의 얼굴을 떠올리고는 했다. 그 애가 인생을 살면서 한번도 거절당해본 적 없는 것처럼 화를 냈기 때문이었다. 반대로 그날 연희는 자신이 누군가를 거절할 수 있다는 사실을 처음으로 배운 셈인데, 그건 생각보다 그리 나쁜 기분이 아니었다.

그러나 그녀에게 거절당한 남자애는, 거의 울 것 같은 얼굴로 고함을 질렀다.

"계집애가 말이 많아!"

연희를 향해 돌진한 그 애가 그녀의 머리카락을 휘어잡았다. 억센 손이 그녀를 모래사장 바깥으로 끌어내리려고 했다.

그녀는 버텼고 자신이 언니라는 사실을 떠올렸다. 언니는 동생들 앞에서 지면 안 된다고도.

그건 어떤 의미에서는 가정교육의 산물이라 할 법했다. 계집애가 말이 많다는 이유로, 망설임 없이 그녀의 머리채를 잡은 남자애가 그렇듯. 그즈음 연희는 이미 백개도 넘는 '언니니까 하면 안 되는 일'을 알고 있었다.

울음을 그친 연제와 연우가 야아! 하고 달려들었다. 대체 어디서 뭘 보고 배운 건지 연우가 그 애의 눈에 흙을 뿌렸다. 눈에 흙이 들어간 남자애가 질질 울었다. 그 애의 머리카락은 짧았으므로 연제는 그 애의 머리채를 잡는 대신 허벅지를 물어뜯는 쪽을 택했다. 남자애의 손아귀에서 벗어난 연희가 되는대로 발길질했다.

그 애는 패퇴했다. 깊이 저무는 햇빛 속에 이들 자매는 서 있었고 어느 영화에서 본 것처럼 바닥에 침을 퉤퉤 뱉었다. 사실은 입에 들어간 모래 때문이었지만. 어쨌든.

연제는 정류장 앞에서 걸음을 멈췄다. 연희와 연우는 곧바로 콜택시를 불렀다. 버스를 기다리는 동안 그들은 누가 기사님에게 저 버스를 따라가 주시라 부탁할 건지를 두고 한참을 옥신각신했다. 연우는 그게 너무 옛날 멘트이므로 옛날 사람인 연희가 해야 합당하다고 말했고 연희는 여지없이 큰 언니의 권위를 내세웠다.

"저, 기사님. 저기 앞에 버스 기다리는 사람이 저희 언닌데요."

"아이구, 그래요?"

그래서 어쩌라는 거냐는 눈빛을 하고서도, 택시기사는 눈치껏 장단을 맞춰주었다. 연우는 한참 입술을 달싹였다. 엄마에게 예비 사위로 각광을 받던 언니의 남친이 아무래도 개새끼인 것 같다는 말을 털어놔도 좋을지 알 수가 없었다. 그녀는 차라리 그럴듯한 핑계를 지어내는 쪽을 택했다.

"그게요. 언니가 사이비에 빠진 거 같아가지구요."

"미터기는 켜놔도 되죠?"

"그럼요."

얼마 안 있어 연제가 버스를 탔다. 한남동 인근으로 향하는 차였다. 한동안 운전에 집중하던 택시기사가 문득, 저기 말이에요, 하고 두 사람에게 말을 붙였다.

"너무 몰아세우진 말아요."

연희의 눈빛이 다소 삐딱해졌다.

"언니분 말예요. 속은 사람이 잘못한 게 아니지 않겠어."

"아, 네에. 그렇죠. 그게 제 동생 잘못은 아니죠."

"이쪽 분한테는 동생이에요? 친동생?"

연희의 반응은 여전히 떨떠름했으나, 기사는 아랑곳없이 말을 이었다.

"딸부잣집이네. 남자 형제는 없어요?"

택시기사는 룸미러를 통해 연우를 얼굴을 흘깃 보았다. 기사와 눈이 마주친 연우는 슬며시 언니의 눈치를 봤다. 아니나 다를까 연희의 표정이 시시각각 썩고 있었다.

"아뇨. 없어요. 저희 부모님은 딸 낳고 싶어 하셔서요."

연희는 고갯짓으로 잠시 연우를 가리켰다.

"얘도 딸인 거 알고 낳은 거예요."

여자애라 다행이지, 아들이었으면 태어나지도 못했을 걸요, 연희는 무시무시한 어조로 답했다. 오가는 대화를 잠자코 듣던 연우는 그냥 웃어버렸다. 언니는 정말 거짓말을 잘한다고 생각하면서.

연희의 기세가 심상치 않음을 눈치챈 그가 화제를 바꿨다.

"아무튼 옛날에도 별일이 많았거든. 더 심했지, 그때가. 사람들이 약지를 못해가지고, 휴거가 온다는 것도 다 믿었다니까?"

곁에 앉아있던 연우가 연희에게 언니, 휴거가 뭐야? 하고 물었다. 연희는 대답 없이 연우의 허벅지만 툭 쳤다.

등나무 벤치에 조르르 걸린 그림자가 길었다. 세 사람의 몰골이 엉망이었다. 연희는 잔뜩 엉킨 머리카락을 손으로 풀어내려 애썼는데, 그럴 때마다 손가락 사이에 긴 머리칼이 한움큼씩 걸려나왔다. 눈물하고 콧물에 흙먼지가 엉겨 영판 까마귀 꼴이 된 연제와 연우는 연희의 머리칼이 쑥쑥 빠질 때마다 발을 동동 구르면서도 연희의 곁을 떠나지는 않았다.

"언니이."

먼저 말을 꺼낸 건 막내 연우였다. 눈빛이 울먹울먹했다.

"우리 이제 엄마한테…… 뭐라고 말해?"

연희는 한동안 아무 말도 않고 서 있기만 하다가, 동생들을 이끌고 아파트 상가에 있는 공중화장실로 향했다. 그녀는 연제와 연우를 개수대 앞으로 데려가 코를 풀게 했다. 두 사람이 번갈아 세수하는 사이 손바닥에 물을 적셔 머리칼을 정돈했다. 곧이어 세 사람은 씻어낸 얼굴을 거울에 비춰보았다. 썩 나쁘지 않았다.

연희는 두 사람을 종전의 등나무 벤치로 다시 데리고 갔
다. 저물녘의 붉은빛이 그녀들의 머리 위를 덮었다. 세상이
온통 빨간 것 같아서, 연희는 두 눈을 질끈 감고 선언했다.

"오늘 일은."

그녀는 마른침을 삼켰다.

"엄마한텐 비밀이야."

연제와 연우는 잔뜩 겁을 먹었다. 그녀들의 세계에서 엄마
는 아직 말하지 않아도 모든 걸 알아채는 대단한 사람이었으
므로. 엄마가 무서운 건 연희 역시 마찬가지였다. 그녀는 제
속을 들키지 않으려고 애썼다. 있는 힘껏 엄한 표정을 지어
보이면서, 엄마의 어조를 흉내 내기까지 했다.

"오늘 우리는 약속을 하는 거야. 알겠어?"

연희의 자매들은 천천히 고개를 끄덕였다. 그녀는 내처 말
했다.

"엄마가 약속을 지키려면 보증을 서야 한다고 했잖아. 이
제부터 혼자만 알고 있던 걸 하나씩 얘기해야 해."

연희는 작년 여름에 외가댁에 놀러갔을 때 할머니의 장독
을 깬 게 사촌오빠가 아니었으며, 저였다고 실토했다. 연제
와 연우는 대단히 놀랐다. 그때 사촌오빠는 아니라고, 아니

라고 울며불며 떼를 쓰다가 다 큰 애가 거짓말까지 한다면서 엄청나게 혼이 났는데. 그렇게 커다란 거짓말을 하고도 들키지 않았다니. 두 사람은 제 언니를 경외의 눈으로 보았다.

언니의 고백에 용기를 얻은 연우가 두 손을 번쩍 들었다. 그녀는 얼마 전 놀이터에서 놀다가 똥이 든 비닐봉지를 열어젖힌 이야기를 꺼냈다. 이미 모두가 알고 있는 사실이었지만, 어쨌건 엄마에게는 아직 털어놓지 않았으므로, 연희와 연제는 그냥 인정해주기로 했다.

이제 연제의 차례였다. 양 손바닥을 펼쳐서 가만히 내려다보던 연제가 말문을 열었다.

"얼마 전에 언니하고 연우하고, 나만 빼놓고, 엄마 심부름 갔을 때, 나는 혼자서 놀이터에 갔는데……"

그날 연제는 그네를 탔다. 동네 놀이터에는 그네가 총 세 개 있었는데, 개중 두개는 사슬이 끊어진 채로 오랫동안 방치되어 탈 수가 없었다. 그녀는 다짐하고 또 다짐했다. 둘이서만 슈퍼에 가다니. 언니하고 동생이 와도 절대 양보 안 할 거야, 하고.

"철공소 아저씨가 와서, 그네에 구리스 발라줄까 그랬어."

"접때 우리 빵빵이 고쳐준 아저씨?"

연제는 잠시 기억을 되짚는 듯싶더니, 고개를 가로저었다.

"아니, 다른 아저씨."

"그래서?"

"그 아저씨가, 자기한테 구리스 있다 그러면서, 바지 벗었어."

연제는 여전히 자기 손바닥을 내려다보고 있었다. 그녀는 문득 속삭였다.

"구리스는 노란색인데. 그거, 구리스 아니지?"

그녀들은 잠시 아무 말도 하지 않고 가만히 서 있었다. 연희는 제 손으로 연제의 손바닥을 덮어 가렸다. 그러고는 입을 열었다.

"우리 계속 여기로 오자."

"아까 걔랑 또 만나면 어떡해?"

연우가 조심스레 물었다. 연희는 어깨를 으쓱했다.

"제까짓 게 오면? 계집애도 아닌 게. 오늘 우리가 이겼잖아."

연희는 연제의 손을 꼭 잡았고, 나머지 손을 뻗어 연우에게 내밀었다. 그녀는 제 동생들에게 그만 집으로 돌아가자고 말했다. 세 사람은 손을 잡고 나란히 걸었다.

"언니, 근데 피싸개가 뭐야?"

연우가 자신의 두 언니에게 물었다.

"아까 그 남자애, 막 울면서 우리한테 그랬잖아. 피싸개라고."

그게 무슨 뜻이냐고, 막내는 다시 한번 물었다.

"세상에서 제일 쎈 사람이라는 뜻이야."

연제는 망설임 없이 대답했다. 아닌 것 같은데, 연우가 의심하자, 연희가 재빨리 나서 연제의 말을 두둔했다. 그리하여 두 사람의 언니는 그날 거짓말하는 법을 배웠다. 막내 연우는 그냥 속아주는 법을 터득했다.

엄마는 언제나 기습하듯 식사를 차렸다. 밖에서 벌써 밥을 먹고 왔다거나 입맛이 없다는 등의 핑계는 일절 통하지 않았다. 하루에 한번은 온 가족이 둘러앉아 얼굴을 보아야 하지 않겠냐는 게 이유였다. 그녀들은 엄마의 고집이 좋기도 하고 싫기도 했다.

"갑자기 얼굴이 반쪽이 됐네. 눈 밑이 아주 시커메."

엄마는 연제의 얼굴을 찬찬히 들여다보다가 밥상에 놓인 찬그릇을 그녀 앞으로 조금씩 밀어주었다.

"언니 요새 바쁘잖아. 고생해서 그래."

연우가 대신 답했다. 그녀는 반찬의 위치가 바뀌든지 말든지, 언제나 주저 없이 제가 좋아하는 쪽으로 팔을 뻗었다. 연제는 제 앞에 가까이 놓인 접시를 아예 연우가 있는 쪽으로 옮겨주며 선선히 덧붙였다.

"그래도 걱정할 정도는 아니에요."

"어떻게 걱정이 안 돼."

엄마의 볼멘소리를 들으면서 연제는 그저 배시시 웃었다.

엄마가 이렇게 말할 때마다 그들은 자신이 아직 아이인 것 같았다. 누군가 보살펴주는 이가 있다는 게 깊은 안도감을 주었다. 때때로 엄마는 누가 보살펴주나 생각이 들면 가슴이 찔끔 아팠지만. 그래도 좋은 건 어쩔 수가 없었다.

"꾹 참고 다녀 봐. 넌 정말 귀하게 될 거야. 엄마가 보증해."

그놈의 보증 때문에 우리 집이 망했는데, 연우가 나지막이 중얼거렸다. 엄마는 들은 척도 하지 않았다.

"너 가졌을 때 용꿈을 꿨다니까. 커다란 호수에서 용이 튀어나와서 하늘로 날아가는 꿈을 꿨단 말이야. 다들 아들 낳을 꿈이라고 그랬어."

연제를 낳은 날 엄마는 많이 울었다. 잠자코 식사하던 연희가 그녀의 말을 끊었다.

"엄마, 그 얘기 벌써 수백번은 들었다. 내 꿈은 비단잉어였고 막내 꿈은 커다란 거북이였고 마무리는 또 시원찮은 아들새끼보다 멀쩡하게 잘 큰 딸들이 백배는 낫다고 할 거잖아."

연희의 말을 들은 엄마가 까르륵 웃었다.

"아무렴, 시원찮은 아들새끼보다 너희가 훨씬 낫지."

연희는 이런 말을 들을 때마다 엄마의 시대를 헤아리려고 애썼다. 그러나 자꾸 의문이 드는 건 어쩔 수가 없는 일이었다. 만약에 우리 중 한 사람이 꽤 멀쩡하고 그럴듯한, 그러니까 퍽 '시원한' 아들이었으면, 그러면 나머지 우리는 어떻게 되었을까.

한참을 웃던 엄마가 연희에게 눈을 흘겼다.

"그렇다고 네가 그렇게…… 멀쩡하게 큰 건 아니야."

연희는 대충 고개를 끄덕여 수긍하면서 마저 생각했다. 엄마에게 멀쩡하지 않은 딸이 있는데 만약에 멀쩡하지 않은 아들도 있으면 그때는 어떻게 되는 건가, 하고.

문득 엄마가 은근한 말투로 연제에게 물었다.

"그래서, 요즘 김서방하고는 잘 지내? 어째 뜸하다?"

연희는 젓가락을 내려놓고 이마를 짚었다. 연제는 어설피 웃으며 자매들의 눈치를 보았다. 연우는 입이 간질간질했다. 기실 연우는 지금이라도 당장 외치고 싶은 걸 간신히 참고 있었다. 김서방은 개새끼야! 개새끼라고!

얼마 전 연제는 김서방이 바람을 피우는 현장을 목격하고 말았다. 그 일로 두 사람은 크게 다투었고 관계는 순식간에 얼어붙었다.

그런데 김서방새끼의 태도가 이상했다. 하루에도 몇번씩 연제에게 전화를 걸어 저는 이별을 원하지 않는다고 애원하는 거였다. 그녀가 근무하는 사무실 앞으로 불쑥 찾아올 때도 있었다. 일주일이 지나도록 그는 자기가 비독점적 다자연애자이며 자신의 연인들을 공평히 사랑하노라 끊임없이 주장했다.

저가 그녀를 사랑한다고, 그녀도 저를 사랑한다면 이해해 줘야 한다고, 사랑은 상대를 소유하는 게 아니고 덜어내면 줄어드는 유한한 자원 같은 것도 아니라고.

"이건 엄마한테는 비밀이야."

연제는 제 언니에게 사실을 털어놓으며 덤덤히 덧붙였다. 그녀의 얘기를 듣는 내내 가슴만 퍽퍽 두드리던 연희는 끝끝내 연제에게 따져 물었다.

"너는 왜 화를 안 내? 왜 화도 안 내고 울지도 않아?"

"내가 화를 안 내?"

아닌데, 연제가 푸스스 웃었다. 연희는 짧게 한숨을 쉬었다.

"유독 네 일에만 그냥 참으니까 하는 말이지."

우리 일에는 그렇게 잘 나서고 화도 잘 내면서, 연희는 가끔 연제의 행동이 답답하다 못해 아주 복장이 터져버릴 것 같았다. 그녀의 속을 아는지 모르는지, 연제는 고개를 모로 기울이고는 태연히 답했다.

"죄책감이 안 들어서 그런가. 다른 사람 일로 화낼 때는."

"너는 진짜 쓸데없이……"

"그러게."

연제는 무언가를 깨달은 사람처럼 화들짝 놀랐다.

"사실은 분풀이하고 있나?"

연제가 제 손바닥을 물끄러미 내려다보았다. 연희는 오랫동안 연제를 바라보고 있다가, 그녀의 손바닥 위에 자신의 손을 얹었다.

"됐어. 나도 쌓인 거 많아."

"언니가?"

"그럼 나는 뭐 맨날…… 야, 됐고. 내가 대신 화내줄게."

연제는 또 언니가? 대답해놓고 웃어버렸다. 그녀는 곧 선선히 고개를 끄덕였다.

"우리는 계속 그런 식으로 자란 것 같아."

그걸 자랑스러워해도 좋을까, 연희는 확신할 수 없었다.

참다못한 연우가 기어이 어깃장을 놓았다.

"엄마 좀, 언니랑 그냥 사귀는 사인데 무슨 벌써부터 서방이야, 서방은."

쥐어짜낸 듯한 목소리였다. 엄마도 지지 않고 응수했다.

"지금 질투하니?"

"질투라고?"

"너 택밴지 배달인지 하는 애 만난다고 했을 때, 얌전히 선보라고 했어, 안 했어? 직장 좋고 집안 좋은 사람 다 마다해놓고, 왜 갑자기 신경질이야?"

연우의 얼굴이 삽시간에 굳어졌다. 연희와 연제가 황급히 나섰다.

"너무 그러지 마세요. 성실하고 좋은 애 같던데."

"엄마는 왜 괜히 애 기를 죽여? 얘가 뭔 선을 봐."

엄마는 자신의 편을 들어주는 사람이 하나도 없다는 사실에 조금 충격을 받은 것 같았다. 입을 반쯤 벌리고 세 사람을 번갈아 보았다.

"됐어, 내가 말을 말지."

그러나 이들은 제 엄마가 무슨 말을 하려고 했는지, 이미 속속들이 알고 있었다.

"주방에 한약 달여놓은 거 있어. 가져가서 김서방 주든지."

이들 자매가 자라 성인이 되자 엄마는 깨달아버린 거다. 자신이 아들을 가질 방법이 아직 남아있다는 사실을. 식탁 위에 가벼운 침묵이 맴돌았다. 제 앞에 놓인 그릇을 말끔히 비운 연제가 지나가는 투로 물었다.

"엄마, 나는요? 내 건 없어요?"

엄마는 연제의 얼굴을 번히 보았다.

"그냥, 나도 요즘 일 때문에 힘들었으니까요."

엄마는 오른손으로 식탁 위를 가볍게 탁탁 두들기다가, 고

기반찬만 쏙쏙 골라먹는 연우를 매섭게 째려보았다. 그러고는 다시 한번 반찬 접시를 연제 쪽으로 밀어주었다.

"너하고 김서방하고 같아? 네가 힘들면 김서방은 오죽하겠어?"

엄마는 연제에게 밥을 더 먹겠느냐고 물었는데, 연제는 대답 대신 가만히 고개만 저었다. 그때 연희는 뭐든 말하고 싶었다. 그 기색을 알아챈 연제가 제 언니를 엄히 보았다. 그래서 연희는 하려던 말을, 말을 비롯한 모든 것을 전부, 꾹 참았다.

그녀는 다만 생각했다. 연제는 항상 같지 않다고. 연제는 장녀인 저하고 같지 않고 막내인 연우하고도 같지 않았다. 그리고 이제는, 엄마에겐 생판 남인 사람과도 같지 않았다.

"네가 아직 어리니까 엄마가 대신 챙겨주는 거야."

엄마는 식탁 위에 팔꿈치를 괴고서, 연제를 향해 황홀히 웃었다.

"나중에 결혼하면, 이런 것도 다 네가 해야 해."

그 순간 엄마는 충분히 행복해 보였다. 이들 자매는 말하는 것을 멈추었다.

연제의 뒤를 부지런히 쫓던 연우가 갑자기 자리에 우뚝 섰다. 그녀는 멀거니 연제의 등을 보다가, 연희에게 물었다.

"언니, 내가, 진짜 작은 언니를 질투하는 거면 어떡하지?"

"야, 그게 무슨 개소리⋯⋯"

연희는 하던 말을 멈추고 작게 헛기침했다. 연희와 연제에게 막내 연우의 존재는 각별했다. 그들은 막내에게 삿대질 한번을 한 적이 없었다. 그녀는 언성을 한껏 낮추어 물었다.

"무슨 말도 안 되는 소리야?"

연우가 제 뒷머리를 긁었다. 앞으로 자기가 하게 될 말을 저 자신도 잘 모르겠다는 듯이.

"우리 중에 작은 언니가 제일 엄마 말을 잘 듣잖아."

"우리가 엄마 말을 귓등으로도 안 들으니까 그렇지."

"그러니까."

연우는 연희의 옆얼굴과 멀찍이 앞서가는 연제의 등짝을 번갈아 보다가, 조금 인상을 찌푸렸다. 두 사람은 이내 다시 걷기 시작했다.

"내가, 엄마 말이 듣기 싫어서, 성진이를 좋아하게 된 거면 어떡하지."

연희는 아, 하고, 자기도 모르는 사이 탄식을 내뱉었다.

"언니는 그런 생각한 적 없어?"

연희는 반사적으로 제 연인의 얼굴을 떠올렸다. 그녀가 자신의 긴 머리칼을 쓸어 올리는 순간을. 여자친구의 머리카락을 볼 때마다 연희는 상념에 사로잡히고는 했다.

만약에 사랑하는 마음 때문이 아니라 다른 이유로, 그러니까 사회나 엄마에게 반항을 하고 싶다든지, 남자가 싫다든지 하는 이유로 저이를 사랑하기로 한 거라면 어떡하나. 사랑에 빠진 게 아니라면. 그만큼 기만적인 일이 또 있겠는가, 하고.

어떤 순간에는 불쑥 화가 치밀기도 했다. 사람이 사람을 좋아해서 연애를 하는데, 어째서 이것저것 설명해야 할 게 이렇게 많고 또 고민해야 할 게 이렇게 많은지.

연희는 픽 웃어버렸다. 그러게, 김서방 같은 새끼는 일단 저지르고서 이유를 찾는데.

"언니는, 그러니까, 그."

연희의 침묵을 다른 의미로 받아들였는지, 당황한 연우가 양팔을 허우적거렸다. 무심코 앞서 걷던 그녀가 막내를 돌아보았다. 왜 없겠느냐고, 연희는 털어놓고 싶었다. 그러나 그녀는 또, 가능한 오랫동안 연우에게 대답하는 사람이 되고도 싶었으므로, 다만 무심히 물었다.

"넌 왜 내 여자친구 얘기만 나오면 말을 더듬냐?"

연우는 금세 멋쩍어했다. 그녀가 갑자기 연희의 어깨너머에 시선을 두었다.

"언니, 언니! 저기 좀 봐봐."

연희가 뒤를 돌아보았다. 불편한 구두를 신고도 어찌 그리 잘 걷는지, 어느덧 길 끄트머리에 접어든 연제가 꽃집 안으로 들어서고 있었다.

"쟤 지금 꽃 사는 거야?"

"미쳤네, 진짜 미쳤다."

연희가 세상에 다시없을 창피한 일을 겪었다고 중얼거렸다. 연우는 두 눈을 한참 끔뻑거리다가 그냥 못 본 걸로 해주자고 했다. 연희는 천천히 고개를 끄덕였다. 두 사람은 곧 땅이 꺼질 듯이 크게 한숨을 쉬었다.

연제는 커다랗고 화려한 그 꽃다발을, 눈앞의 개새끼를 두드려 패는 일에 썼다.

"네가 감히 내 동생을 떠밀어!"

"연제야, 여기서 이럴 일 아니잖아. 창피하게 왜 이래."

꽃다발로 머리통을 얻어맞던 김서방이 간신히 연제의 어

깨를 붙들었다. 그는 되는 대로 주절거리기 시작했다. 그녀를 향한 제 마음에 아직 변함이 없으나, 그녀가 저를 지치게 하고 있으며 이번 일로 그녀와의 관계가 틀어질까 봐 겁난다고 했다. 자신의 입장을 충분히 설명했는데도 그녀가 이렇듯 이성을 잃고 화를 내는 이유를 모르겠다고도 했다.

"게다가 떠밀다니. 흥분한 사람 말린 거야. 시작은 처제가 먼저 했고."

연우는 기함했다. 김서방을 때려주고 싶었다. 그녀가 마땅한 집기를 찾아 주변을 급히 둘러보고 있을 때, 카페 안으로 들이닥친 연희가 김서방에게서 연제를 떼어놓았다.

"처제라니? 야, 내 동생이 너랑 결혼해준대?"

그녀는 곧바로 연제를 붙들어 제 등 뒤에 두었다. 김서방은 연희의 말을 듣지 못한 척, 그녀의 어깨너머로 연제의 얼굴만 뚫어지게 보았다.

"이게 뭐 하는 짓이야? 왜 이렇게 일을 크게 만들어?"

"여물통에 대가리부터 처박힐 새끼가 말은 청산유수지."

연희는 대답할 시간을 주지 않았다. 그녀의 폭언은 한참 동안 이어졌다. 좆 달린 게 유세라 개짓거리를 처해놓았으면 그만이지 거기에 사아랑이 웬 말이냐, 내가 너 때문에 간

밤에 인터넷을 다 뒤져봤다, 진짜배기들이 들으면 뒷목 잡을 소리를 태연히 늘어놓고도 뻔뻔스레 굴다니 혹시 어릴 적에 친구가 없었냐, 그래서 내면 깊숙한 곳에 콤플렉스가 있는 거 아니냐, 너 같이 본데없는 새끼가 꼭 사고를 쳐놓고 그걸로 만족을 못 해서 그럴듯하게 포장까지 하려고 든다……

연희는 크게 숨을 한번 들이쉬었다. 머리가 핑 돌았다.

한꺼번에 너무 많은 말을 한 탓에 몸 안의 산소를 전부 써버린 것 같았다. 그녀는 후우, 심호흡을 하고는 내처 입을 열었다.

"똥에다 금칠한다고, 그런다고 그게 팔리기는 하겠니?"

"맞아! 머리가 있으면 생각을 하는 데 써야지!"

연우는 상대에게 타격을 주기 위한 전략을, 폭력에서 비아냥거림 쪽으로 바꾼 것 같았다. 과장되게 격앙된 목소리로 에이그, 쯧쯧, 하며 개새끼를 향해 삿대질했다. 연희가 그에게 심한 욕설을 할 때마다 떼잉, 하고 추임새를 넣기도 했다.

연희는 때때로 웃음을 참기가 힘들었고 그 바람에 머리끝까지 치솟았던 분노가 가라앉으려 했기 때문에 연우의 행동이 성가셨다. 그러나 같은 편이니까 봐주기로 했다.

그녀가 무슨 말을 더 내뱉으려던 때였다. 김서방이 짧게 혀를 찼다. 그녀는 말을 멈추고 그를 가만히 노려보았다. 연제는 이제 연희의 등에 얼굴을 묻고 있었다. 연제의 몸이 가늘게 떨리는 게 느껴졌는데, 연희는 그녀가 울기보다는 웃고 있을 것 같았다.

연제에게 힐금 시선을 주었던 그가 씹어뱉듯 말했다.

"여기 공공장소예요, 부끄러운 줄도 몰라요?"

"뭐어? 폴리아모리이?"

연우는 별로 기죽지 않았다. 얼굴이 시뻘겋게 달아오른 김서방이 연우를 보았다.

"근데 이 계집년이 아까부터 진짜."

웃음을 참던 연희의 머리꼭지가 순식간에 돌아버렸다.

이들 자매에게 한가지 행운이 있다면, 그들이 싸움을 한 곳이 공공장소라는 점이었다. 그곳에 있던 모든 여성 고객이 현장을 지켜보았다. 그들은 김서방이 손을 들어 올릴 때마다 큰 소리로 그를 비난하거나 여봐란듯 수군거렸다. 연희에게 머리칼을 쥐어잡히거나 연우에게 정강이를 맞아서 김서방이 비명을 지르면 카페 안의 그녀들은 저들끼리, 그러나 싸움의 현장에까지 분명하게 들리도록, 그를 비웃었다.

마치 같은 일을 겪어본 적 있는 사람처럼. 줄곧 남의 일에만 화를 냈던 연제처럼.

이윽고 세 명의 사람과 하나의 개새끼는 카페의 점장에게 정중히 쫓겨났다. 김 서방이 옛날 만화영화에 나오는 악당 같은 대사를 남기고 도망을 쳤기 때문에 연제는 이를 갈았다. 연희와 연우는 그제야 슬슬 연제의 눈치를 보면서, 그녀의 등을 쓸어주거나 흐트러진 매무새를 다듬어주었다.

한참을 미동도 없이 서 있기만 하던 연제가 나라를 잃은 사람처럼 탄식했다.

"이제 어떡해? 나 이제 엄마한테 뭐라고 말해?"

그녀의 등을 쓸던 연희가 팩 성질을 냈다.

"너는 지금 그게 제일 걱정이야?"

"엄마가 그이를 좋아했어."

연희는 숨이 턱 막혔다. 엄마를 실망하게 하기 싫어서, 엄마에게 미안해서, 엄마에게 면목이 없어서, 엄마에게 그이가 나쁜 사람이었다고 말할 용기가 없어서.

연희는 가까스로 말을 골랐다.

"하마터면 네 인생이 꼬일 뻔했어."

연우가 헝클어진 연제의 머리칼을 정돈해주며 거들었다.

"가래로 막을 일을 호미질해서 끝낸 셈이지. 우리 오늘 축하 파티해야 돼."

"그래, 알고 보니까 김서방이 고자에 대머리였다고 하자."

연제의 어깨가 흠칫 떨렸다. 그녀는 제 언니에게 물었다.

"엄마가 믿을까?"

연희는 깔깔 웃으며 그녀의 어깨를 툭 쳤다.

"야, 당연히 속지. 엄마는 아직도 내가 남자 좋아하는 줄 알아."

연우는 말하고 싶었다. 사실 그건 언니의 착각이고 엄마는 그저 모르는 척하는 중이라는 걸. 사실은 밤마다 언니 걱정에 한숨을 쉰다는 걸. 그러나 이들은 가족이었다. 엄마만 모르는 사실이 있듯 언니만 모르는 사실도 있는 법이었다.

연우는 가만히 연제의 머리를 묶어주었다. 그녀는 부러 시침을 떼고 물었다.

"작은언니, 아까 그 꽃은 뭐야? 어디서 갑자기 나온 거야?"

뜻밖에 연제의 뺨이 빨갛게 달아올랐다.

"내가 당하기만 하는 줄 알아? 나름대로 멋있는 이별을 준비한 거야."

연제는 오늘 이별을 선언하면서, 김서방과 새 연인의 앞날을 축복해줄 요량이었다고 털어놓았다. 하여튼 저 호구, 연우는 고개를 절레절레 흔들며 말했다.

"꽃다발로 개새끼 두드려 패는 게 좀 멋있긴 했지."

아니야, 그런 거 아니라고! 연제가 소리를 질렀다. 연희와 연우는 깔깔거렸다.

작가의 말

최예지

요즘에는 휴대폰 게임을 열심히 한다. 그런데 세상의 편견이라는 게 참 무섭다. 다들 마법을 쓰는 캐릭터는 체력이 약해야 한다고 철석같이 믿고 있는 것 같다. 온갖 공과 정을 다 쏟아서 기르는 내 마법사가, 그깟 몬스터의 공격을 버티지 못하고 자꾸만 나자빠진다.

힐러를 하나 붙여주면 나을까 싶어서, 얼마 전 두번째 캐릭터를 만들었다. 둘째는 첫째보다 운이 좋다. 첫째가 몇번씩 터트리고 깨먹은 무기를 둘째는 딱 한번 만에 완성했다. 첫째에게 필요한 물건을 구해주려고 떠난 모험에서 도리어 둘째만 이득을 보는 날도 잦다. 그런데, 그러면 좋아야 맞는 건데, 요새 자꾸만 둘째가 얄밉다. 둘째에게 좋은 일이 생길 때마다 첫째가 안쓰럽고, 저놈의 가시나 지 언니 먹을 것까지 다 빼앗아 먹네! 혼자서 막 분통을 내고 그러는 거다. 내 마음이.

첫째를 키울 때는 내가 초보라서, 그 캐릭터하고 나하고 온갖 고초를 겪었다. 멋모르고 기어들어간 던전을 유령이 되어서야 빠져나온 적도 있고, 성능만 봐서는 그다지 필요하지 않은 아이템인데 착용하면 간지가 난다는 이유만으로 며칠씩 첫째를 혹사시킨 적도 있다.

둘째를 키울 때는, 이제 나는 더 이상 초보가 아니므로, 그애를 안전하고 검증된 길로만 인도할 수 있었다. 그러니까 둘째가 첫째한테 좀 양보를 해도 되잖아…… 라는 생각을 자꾸만 하게 되는 거다. 사실은 그래서 이 이야기를 썼다. 둘째에게 사과하고 싶어서.

에그, 오 마이 에그

김지원

말주변이 부족해서 못다 한 말을 글로 쓰곤 했다. 그래서 시도 쓰고 소설도 썼다. 대학교에서 영어영문학을 공부했지만, 졸업 후 회사에서 마케팅 관련 업무를 하며 엄청난 양의 숫자와 씨름했다.

그러다 숫자와 대화가 가능해질 즈음, 결국 소설을 쓰겠다고 퇴사를 했고 지금은 글 쓰는 프리랜서로 일하고 있다.

내가 고자라니!

김교수의 설명을 들으며 여름의 머리에 가장 먼저 떠오른 것은, 유명한 '짤'이었다. TV 드라마 속, 앞으로 성(性)생활이 불가능할 것이라 진단받은 중년 남성이 '내가 고자라니, 내가 고오자아라니이이이!' 하고 절규하는 장면. 고통과 충격, 그리고 절망만이 가득한 모습. 대사마저 끔찍하게 적나라했던 그 순간의 모습에 사람들은 웃었다. 워낙 인상적인 장면이라 그런지, 한 20년 묵은 그 이미지는 아직도 여기저기에 떠다녔다. 여름도 친구들과 톡을 주고받으며 그 짤을 즐겨 썼다. 와아 씨, 이건 진짜 역사에 남을 명장면이야. 웃으며 이렇게 말한 적도 있었다. 하지만 여름은 이제 더이상 그 짤을 보면서 웃을 수 없을 것 같았다.

난소가 벌써 작동을 멈추고 있다니. 난 아직, 고작, 서른여덟살인데.

김교수가 가리키는 그래프 속, 여름의 호르몬 수치는 40대 초중반 여성들의 평균치에도 못 미치는 것이었다. 앞으로 난소가 생산해낼 수 있는 난포가 얼마나 남았는지, 그러니까 폐경까지 얼마나 남았는지를 보여주는 지표였다.

"이게, 제가, 곧 폐경이 된다는 뜻인가요."

충격에 빠진 여자들을 지난 세월 수없이 보았을 노교수의 눈에는 아무 감정이 없었다. 여름은 얼른 '고자라니 아저씨'를 머릿속에서 지웠다. 그 아저씨처럼 부서진 멘탈로 울 게 아니라 김교수처럼 냉정하게 정신을 차려야 할 때였다.

"난소들이 크기가 작고, 난포 수도 일반적인 경우보다 적어 보여요."

일주일 전 병원을 처음 방문했을 때, 김교수는 여름의 초음파 사진을 보더니 추가 피검사를 하자고 했다. 난소 기능이 저하된 게 확실한지, 호르몬 수치로 다시 한번 봐야겠다는 거였다.

여름은 속으로 코웃음을 쳤다.

이런 식으로 위기감을 줘서 한 사람이라도 더 난자동결을 하도록 유도하는 건가.

하지만 그게 아니었다. 혹시나, 설마, 하는 마음으로 피검사 결과지를 몇번이고 들여다보며 여름은 할 말을 찾지 못했다.

"난소도 늙는 거죠. 누구나 겪는 거고, 사람마다 속도가 다를 뿐이고. 그렇다고 당장 갱년기 증상이 나타나는 건 아니니까 걱정하지 말아요."

김교수는 이게 바로 조기 폐경이냐는 다급한 질문에 제대로 된 긍정도, 확실한 부정도 하지 않았다.

"유전적인 문제인가요? 제가 먹는 음식이나 생활 습관에 문제가 있었을까요? 아니면……"

김교수는 그런 질문 따위 이제 지겹다는 듯 여름의 말을 싹둑, 잘랐다.

"그런 거 없어요. 그 어떤 인과관계도 밝혀진 게 없어요."

베테랑 의사답게, 김교수는 어떤 것도 분명하지 않다는 사실만 분명하게 말했다.

아니면, 제가 옛날에 수술을 했기 때문일까요.

김교수가 모질게 쳐내지 않았다면, 앞선 여름의 질문은 이렇게 이어질 뻔했다.

선생님, 저한테 찾아온 아이를 제가 함부로 떼어버려서, 그래서 지금 벌을 받는 걸까요?

하마터면 15년 동안 혼자 삼켜왔던 생각을 그렇게 쏟아내 버렸을지도 모를 일이었다. 여름이 속절없이 주접을 떨기 전에 김교수가 말을 잘라버려 차라리 다행이었다.

"할 거면, 지금 해야 할 거예요. 수치가 더 떨어지면 하고 싶어도 안 될 수가 있거든요."

'한다'는 건 난자동결을 뜻했다. 난자를 억지로 키워내고, 뽑아내고, 얼려두는 과정.

김교수의 마지막 말에 자신이 뭐라고 대답하고 나왔는지, 대기실에 나와 앉은 여름은 제대로 기억할 수가 없었다. 천장 유리를 통해 와르르 쏟아지는 햇살이 잔인하게 눈부셨다.

가임력 보존 클리닉, 반복적 착상 실패 클리닉, 난소 저반응군 클리닉…… 병원의 다양한 서비스를 적은 안내판이 빛을 받아 반짝였다. 안내판뿐 아니라 화장실이며 초음파실, 주사실의 방향을 알리는 지시판까지 병원의 거의 모든 글자와 이미지는 화사한 핑크빛이었다.

분홍색은 여자 색깔, 파란색은 남자 색깔이야. 근데 여름이 너는 왜 자꾸 남자 색깔을 써, 여자애가?

파란색 크레파스를 즐겨 쓴다는 이유만으로 이상한 애 취급을 받았던 유치원 시절부터 여름은 분홍색이 싫었다. 여자가, 여자는, 여자라면. 그런 말들도 참 싫었다.

그런데 이제 와서 여름은 자기가 더이상 여자로 기능하지 못하게 되는 것인가 하는 혼란에 빠져 있었다. 분홍색 크레파스가 싫어서 안 쓰는 것과 분홍색 크레파스가 없어서 못 쓰는 것은 완전히 다른 일이었다.

여자인데 생리도 안 하고, 여자인데 임신도 못 하고, 여자인데 엄마도 못 돼 보는 것일까. 이미 거의 멈춰있는 난소가 더이상 움직이지 않게 되면 나는 어떤 여자, 아니 어떤 존재가 되는 것일까.

여름은 그동안 살면서 구체적인 2세 계획을 해본 적이
없었다. 임신이나 출산이라는 일들에 크게 관심을 둔 적도
없었다. 비록 어린 나이에 인공임신중단이라는 엄청난 일
을 감행하기는 했지만, 그 경험 때문에 여름의 마음이 아기
를 만들고 낳는 일에서 특별히 더 멀어진 건 아니었다. 몇
년간의 혼돈과 충격에서 벗어난 후 여름은 새로운 남자들
을 만나 연애도 했고, 잠자리를 하기도 했다. 하지만 그게
다였다. 청혼해온 남자도 없었고, 여름이 부부라는 이름으
로 엮이고 싶을 만큼 많이 좋아하게 된 남자도 없었다. 그
렇다고 꼭 결혼해야 아이를 낳는다는 생각을 하는 것도 아
니긴 했다. 첫 임신의 당황스러움과 공포, 후회를 기억하기
에 각별히 조심하기는 했지만 우연히라도 다시 아기가 들
어서는 일은 생기지 않았다.

그동안 여름은 대학교를 졸업했고, 취직을 했고, 아빠를
하늘로 떠나보냈고, 퇴사와 재취업을 했다. 남들과 똑같이,
먹고사는 일에 바빠하며 한살 두살 나이를 먹었을 뿐이었
다. 그러니까 결혼과 임신을 안 한 것도 아니었고 못 한 것

도 아니었다. 여름에게는 그냥 결혼할 일이, 누군가와 2세를 계획할 일이 안 생겼을 뿐이었다. 거기에 여름은 딱히 문제의식을 느끼지 않았다. 하지만 여름의 엄마, 임윤희 여사에게는 그런 여름의 상태가 크나큰 문제였다.

여름이 스물대여섯살 때쯤, 윤희는 여름에게 남자를 한번 만나보라 했다. 친구 남편의 회사 선배의 조카라고 했다. 일만 하다 혼기를 놓쳐 나이는 좀 많지만, 허우대도 멀쩡하고 대학은 SKY를 나온 데다 집안도 점잖다는 거였다.

"뭐 하러 만나."

여름의 시큰둥한 반응에 윤희는 펄쩍 뛰었다.

"뭐 하러 만나냐고? 그게 무슨 말 같지도 않은 소리야? 지금 나이에 남자를 만나봐야 결혼도 하고 애도 낳고 하지. 사람 일이란 게 다 때가 있는 법인데."

윤희는 지극히 평범한 대한민국 엄마였다. 좋은 집안의 멋진 총각에게 결혼적령기 외동딸을 시집보내는 것이 그저 인생의 최대 희망이었다. 그런 윤희에게 여름은 자신이 이미 이래저래 남자도 만나봤고, 하마터면 애도 낳을 뻔했고, 직장에서 변태 상무에게 하도 시달려 당분간은 XY 유전자

를 가진 존재와 그렇게 친밀한 관계를 만들고 싶은 심리상
태가 아니라는 말을 차마 할 수가 없었다.

다행히도 윤희의 친구 남편의 회사 선배의 조카,와 만날
일은 생기지 않았다. 여름네 회사 오너가 마침 검찰 조사를
받게 된 덕분이었다. 예고 없던 야근과 주말 근무가 이어지
면서 여름은 윤희가 잠들고도 한참 후에야 집에 들어오곤
했다. 소개팅인지 선인지 애매한 그 만남은 유야무야 없던
얘기가 되었다. 그러나 이후로도 몇년간 윤희는 포기하지
않고 남자를 소개받아 왔다.

"올해가 마지막 기회야. 너, 아빠 은퇴한 다음 결혼하지?
들어오는 축의금 규모가 확 달라져."

이런 말이 반복되자 여름은 반항심이 들기 시작했다. 회
식을 마치고 들어와 윤희에게 또 한마디를 듣던 날, 여름은
알딸딸한 상태에서 폭발해버렸다.

"니가 지금 술이나 먹고 다닐 때야? 전권사님이 소개한
남자는 왜 안 만난다는 건데? 세상이 아무리 바뀌어 봐라,
여자 나이 서른 넘으면 선 들어오는 남자들 레베루가 떨어
져."

조금 전까지 '한비서가 시집갈 나이 되더니 미모에 물이

올랐네' 따위의 말이 오가는 술자리를 꾸역꾸역 버텨내고 온 여름이었다. 노래방에서 허벅지에 피멍이 들도록 탬버린을 두드리고, 상무놈이 당연한 듯 쑤욱 내미는 손에 핸드크림을 발라주고, 화장실에 달려가서 속을 게워내고 들어온 참이었다. 평소 같으면 대충 뭉개고 지나갈 일이었지만 그날 여름은 시쳇말로 빡이 돌았다.

"엄마는 나를 가지고 장사해? 똥값 돼서 안 팔릴까 봐 그래? 내가 무슨, 유통기한 임박한 우유야? 나 좀 있으면 막, 썩어?"

여름의 패악질에 윤희는, 울었다.

"엄마 아빠가 뭘 그렇게 잘못 보여주고 살았길래 니가 그렇게 결혼에 대해 삐딱한 거니."

아닌데. 난 그런 게 아닌데. 여름은 방금 자기가 뭐라고 소리를 질렀는지도 기억이 안 나는 상태로 멍하니 윤희를 바라봤다. 여름이 스물아홉살 때의 일이었다.

그리고 이듬해, 여름은 아빠를 잃었다.

퇴직금을 잘 굴려주겠다던 자가 뒤통수를 치고, 충격을 받은 아빠가 쓰러져서 그 길로 세상을 뜨는 드라마 같은 일이 줄줄이 이어졌다. TV에서 봤으면 웃기고 있네,라고 했을 일이 직접 일어나니 전혀 웃기지 않았다.

"불쌍해서 어쩌니. 그래도 어머니 생각해서 니가 힘내야지."

장례식에 찾아온 수많은 사람이 여름에게 같은 말을 했다. 그러고는 돌아서서 각양각색으로 수군거렸다.

재, 아직 시집도 안 갔잖아. 이제 어쩐대.

남들 다 갈 때 가고, 부모 생전에 잘사는 모습 보여주는 거, 그런 게 효도지.

손주라도 하나 보고 가지……. 영만이가 너무 서둘러 갔네.

손주가 뭐야, 사위만 있었어도 가는 길이 이렇게 쓸쓸하지는 않지.

조문객의 입방아 속, 여름은 죄인이 되어 있었다. 가까운 친척일수록, 여름의 집안 사정을 잘 아는 사람일수록 적나라한 이야기를 했다. 귓구멍에 따갑게 박히는 말들을 들으며 여름은 일찌감치 종교를 가지지 않았던 것을 후회했다.

불교였으면 독경이라도 하고 기독교였으면 찬송가라도 불렀을 텐데. 그랬으면 저런 개소리를 세세히 들을 필요는 없었을 텐데. 여름의 머릿속에 떠오르는 건 아이돌그룹 샤이니의 노래 '링딩동'뿐이었다.

종교가 별건가. 사랑하는 샤이니가 내 종교다.

링딩동 링딩동 링디기딩디기딩딩딩…… 여름은 그렇게 돌고 도는 노래를 읊조리다가 모욕적인 애도의 대화를 듣다가 하며 사흘을 버텼다.

아빠를 떠나보낸 후 여름의 삶은 완전히 달라졌다. 서울 한복판 아파트에서 근교 도시의 연립으로 이사를 갔고, 회사도 그만뒀다. 후줄근해진 삶에다 마구 칼질이라도 해야 미치지 않고 살 것 같던 날, 변태 상무의 반쯤 벗겨진 뒤통수에 눈길이 닿았던 게 결정적인 퇴사 계기였다. 한마디 상의도 없던 여름의 퇴사에 윤희는 노발대발했다. 아빠도 없는 게 변변한 직업마저 없으면 어느 누가 너를 데려가냐며, 윤희는 결국 또 통곡을 했다.

"아빠는 그렇게 성실히 일하고 월급이며 퇴직금이며 피가 나게 모았는데, 제대로 누리지도 못하고 갔잖아. 난 그렇게 살기 싫어. 엄마는 내가 먹여 살릴 거니까 걱정 마."

큰소리를 땅땅 쳤지만 사실 아무 대책이 없었다. 그렇다고 온종일 집에 붙어 있으면 윤희의 잔소리를 피할 길이 없어 여름은 집 앞 카페를 아지트로 삼았다. 그러다 그 카페의 알바생이 되었고, 월급이 주는 안도감에 또다시 젖어들었고, 정신을 차려보니 무려 5년이 지나 부점장이 되어 있었다.

그때쯤 여름은 윤희의 닦달-이제 꺾어진 칠십인데 언제 시집가고 언제 애 낳냐,와 같은-에 이골이 나 있었다. 카페 일도 천직인 양 익숙하고 마음에 들었다. 가게 오픈이나 마감 근무가 걸리면 말도 못 하게 피곤했지만, 회사 생활을 할 때보다는 탄력적인 스케줄 조정이 가능해서 좋았다. 무엇보다도, 아빠가 남긴 빚을 이제 다 갚았다는 사실이 서른 다섯 여름의 마음을 풍요롭게 했다. 오롯이 자기만을 위해 쓸 여웃돈이 생기는 게 참으로 오랜만이었다.

돈을 모아 보자. 나도, 나를 위해 쓸, 내 돈이라는 걸 만들어보자.

이자를 0.1%라도 더 쳐주는 적금 상품을 찾으려 폭풍 검색을 하다가, 여름은 희한한 걸 발견했다. 지역별로 가입기 여성 인구가 어떻게 되는지 표시해 놓은 대한민국 지도였다. 나이를 기준으로 집계한, 현재 사용 가능한 자궁의 수 같은 거였다. 놀랍게도 정부기관에서 만들었다는 그 지도는 지자체 출산율 제고를 위한 거라고 했다. 함께 검색되어 나오는 각종 기사와 논평, 연구 보고서 등에는 우리 사회의 수많은 문제가 거론되고 있었다.

미혼·비혼 증가, 문제의 원인은?
탈출구가 안 보이는 저출산 문제
위기의 대한민국, 만혼이 문제다

모든 것이, 현재 미혼이자 비혼이면서 당장 내일 결혼해도 만혼자가 될 여름을 문제로 지목하고 있었다. 여름은 내가 엄마에게만 골칫거리가 아니라 이 사회의 짐이었구나, 생각했다. 심지어 언젠가부터는 종교계까지 저출산 문제 해법을 모색하고 있는 모양이었다. 이쯤 되니 문제가 정말 심각해 보였다.

나란 여자는 진정, 종족 보존의 역사적 사명을 띠고 이 땅에 태어났단 말인가.

여름은 갑자기 어깨에 담이 걸리는 것 같았다.

전국 팔도를 핑크핑크하게 물들여 놓은 가임기 여성 분포 지도에 따르면, 약 232만 명의 가임기 여성이 사는 경기도가 전국 '1위' 지역이었다. 여름은 1위 지역에 거주하고 있다는 걸 기뻐해야 할지, 혹은 232만 개 중 하나로 집계된 자신의 자궁을 자랑스러워해야 할지 혼란스러웠다. 그러다 문득 이 야만적인 지도 위 숫자에 자기가 언제까지 포함될 건지가 궁금해졌다.

가임기, 여성, 자궁, 생리, 폐경, 나이…….

검색 키워드와 결과물은 서로 꼬리에 꼬리를 물고 여름을 난자동결의 신세계로 인도했다. 과거에는 주로 기혼자들이 난임 치료 과정에서 난자를 얼렸지만 요즘은 미혼 여성의 난자동결이 크게 늘고 있다는 내용이 많았다.

"늦은 임신과 출산을 스스로 대비한다니, 뽀대나지 않냐."

오랜만에 서울 나들이를 하던 날, 여름은 대학 동기 수진을 만나 이렇게 말했다. 3년 전 이맘때쯤이었다.

"그러게. 그렇게 사는 게 골드미스 아닐까."

수진이 말했다. 아이들을 어린이집에 보내놓은 수진의 얼굴이 몇년 전보다 훨씬 여유로웠다.

수진은 서른살에 결혼하고 얼마 지나지 않아 아들딸 쌍둥이를 가졌다.

"임신하면 숨차서 잠도 못 자고, 막 장기가 다 눌려서 찔끔찔끔 쉬가 샌다는 거, 그런 건 왜 평생 아무도 말 안 해준 거야? 임신과 출산이 아름다운 일이라고 한 새끼 나오라 그래."

배가 불러올수록 수진은 점점 자주 여름에게 전화를 걸어 임신의 적나라한 현실을 토로했다. 난생처음 접하는 정보에 여름은 매번 놀라 자빠질 것 같았지만, 일단 아무렇지 않은 척 임산부를 다독이는 데 최선을 다했다. 수진이 출산을 하고, 예쁜 아기들을 품에 안으면 이런 일도 다 추억이 되겠지. 하지만 오산이었다. 쌍둥이가 태어나고 몇주나 지났을까, 수진은 여름에게 전화를 해 꺼이꺼이 울었다.

"애가 울고, 그러면 난 젖을 먹이고, 또 애가 울고, 젖을 먹이고, 또, 또, 또, 애가 울고, 젖을 먹여. 난 무슨 짐승이 된 것 같아, 여름아."

결국 수진은 우울증 진단을 받고 한동안 클리닉에 다녔다. 그나마도 쌍둥이 육아가 너무 바빠 오래 다니지를 못했다. 엄마가 된다는 건 정말 무섭도록 빡센 일이라는 걸, 여름은 그때 처음으로 체감했다.

"그래도 요새는 살 만해. 가끔 싸우기는 해도, 놔두면 지들끼리 노니까."

커피를 홀짝이며 수진은 싱긋 웃었다. 여름은 오오 그래? 다행이다,라고 했다. 그게 영혼 없는 리액션이라는 게 티 나지 않도록, 수진의 얼굴을 응시하면서.

20대 중후반까지, 친구들 사이의 화제는 어마어마한 결혼식 비용이나 시월드의 미친 괴상함 같은 것이었다. 여름은 그 모든 이야기에 진심으로 놀랐다가 화를 냈다가 맞장구를 쳤다가 했다.

하지만 친구들이 하나둘씩 엄마가 되면서부터 여름은 할 말이 줄어들었다. 육아에 관련한 얘깃거리는 한없이 많았고 그중 여름이 아는 건 거의 없었다. 우리 애가 어제는 어쨌고 오늘은 저쨌어, 하는 얘기에 어머어머, 하며 반응하는 것도 몇년을 계속하자 지겨워졌다.

조리원 동기, 맘카페, 이유식 레시피, 어린이집 대기 명단, 영어유치원에 과연 보내야 하는가, 아기가 통잠을 자는 시기는 언제부터인가.

이런 대화에 여름이 낄 자리는 없었다.

생활의 중심이 아이에게로 옮겨 간 친구들 사이에서 여름은 스스로가 덜 자라고 모자라고 뒤처진 존재라고 느끼기 시작했다. 그런 비극적인 느낌에는, 지치지 않고 계속된 윤희의 타박도 한몫했다.

"지금이야 친구들이 만나주지. 몇 년 지나 봐, 걔들 애 키우느라 정신없어서 너 같은 건 기억도 못해."

"내 친구 화숙이 봐라. 혼자인 게 젊을 때는 화려해 보여도, 나이 먹으면 영 초라한 거야."

윤희의 예언이 크게 틀린 건 아니었다.

친구들은 점점 아이를 데리고 키즈카페 같은 데서 모이기 시작했고 여름은 자연스럽게 무리에서 조금씩 멀어져 외톨이가 되었다.

여름이 전화번호를 바꾸고 먼 도시로 이사를 나가기까지 하면서는 친구들 대부분과 연락이 완전히 끊겼다.

그나마 연락하는 사이로 남은 게, 개중 가장 친했던 수진이었다.

그날, 여름은 수진에게 윤희와의 일들을 미주알고주알 털어놓고 있었다.

"니가 뭘 알겠어, 애도 안 낳아본 게."

여름과 아웅다웅하다가 말이 막히면 윤희가 이런 말로 여름을 공격하곤 한다는 얘기였다. 아침에 밥을 먹을 건지 빵으로 때울 건지, 웃풍이 드는 빌라에 온수매트를 들일 건지 말 건지 등등의 문제로 시작된 대화는 가끔 말싸움으로 이어졌다. 수많은 모녀 사이에 벌어지는 흔하디흔한 일이었다. 하지만 싸움이 과열될 때면 윤희는 맥락도 없이 '넌 아직 애도 없잖아'와 같은 공격으로 여름의 말문을 막아버렸다.

"그래, 엄마들 위대해. 인정. 근데 애가 없다고 내 인생이 하자인 건 아니잖아. 임신 출산이 무슨 벼슬도 아니고."

그동안 쌓였던 얘기를 마음껏 뱉어내며 여름은 속이 시원했다.

"근데 현실적으로, 훈장이 되기도 하지. 벼슬까지는 아니어도."

테이블 위에 올려놓은 자동차 열쇠를 만지작대며 수진이 말했다. 은빛 벤츠 로고가 번쩍였다. 수진의 배 속에 들어선 게 아들을 포함한 이란성 쌍둥이라는 사실을 알게 되고는 수진의 시댁에서 곧바로 계약해준 벤츠였다. 그것도, S클래스.

　"애들 보면서, 내가 애들을 만나려고 인생을 살아왔구나 싶게 행복하기도 하거든."

　그렇게 말하는 수진의 눈이 벤츠 로고보다 더 밝게 빛났다. 자랑이나 꾸밈이 아니라, 순수한 행복의 빛이었다. 입을 헤벌린 채 멍해진 여름을 보며 수진은 지나가듯 말했다.

　"그러니까, 너도 일단 그냥 얼려둬. 사람 일 어떻게 될지 모르잖아."

　수진의 말을 듣고 알아본 난자동결은 그러나, '일단 그냥' 해둘 만한 그런 가벼운 일이 아니었다. 블로그 후기를 뒤지며 알아본바, 최소 300만원가량의 비용이 들었다. 300만원이면 여름의 당시 한달 월급을 훌쩍 뛰어넘는 액수였다.

　혹시 그새 결혼하게 되면 결혼자금인 거고, 아니면 계획

대로 난자 얼리는 데 쓰는 거야.

1년에 몇백원의 이자가 붙는 3년 만기 적금을 들면서 여름은 애써 희망적으로 생각했다. 어느 쪽이든 내 미래를 위한 일이라고, 3년을 노력할 만한 가치가 있는 일일 거라고. 그러고는 골드미스가 된 기분으로 혼자 으스대며 한달에도 몇번씩 적금 계좌를 들여다봤다.

그리고 적금 만기가 돌아온 지금, 자신의 비루한 호르몬 수치 그래프를 보며 여름은 자신을 탓했다.

그때 그냥 빚이라도 내서 바로 산부인과에 갔으면, 난소가 조금이라도 더 쌩쌩했을 거 아냐. 아니면 찔끔찔끔 적금 부을 돈으로 따뜻한 밥이나 사 먹을 걸 그랬지.

김교수는 의학적으로 밝혀진 원인이 없다고 했지만, 여름은 자신의 난소가 남들보다 빨리 늙어버린 게 제 탓이라고 느꼈다. 무려 3년 동안 고작 300만원을 만들겠다고 얼마나 치열하게 살았던가. 남들은 애써 피하는 오픈이며 마감 근무를 밥 먹듯 하면서 여름은 일주일에도 몇번씩 낮밤을 바꿔 살았다. 쉬는 시간이면 100m 거리의 편의점에 뛰어가 삼각김밥으로 허기를 채웠다. 직원 할인을 받는다고 해도 카페에서 파는 샌드위치는 너무 비쌌기 때문이었다.

난자동결을 위해 적금을 붓기 시작했지만, 정작 난소 건강 같은 건 생각해볼 겨를도 없었다. 어쩌다 생리통이 유난히 심해지거나 한달 반이 지나도록 생리를 하지 않을 때면 너무 인스턴트 음식만 먹어 그런가, 하고 잠깐 생각해 보는 정도였다. 30대 중반쯤 되면, 성공한 커리어우먼이 되어 반짝이는 삶을 살 거라 생각했던 적도 있었는데. 난소마저 가난한 서른여덟살이라고는 상상도 해본 적이 없었는데. 20대 시절에 자기가 그렸던 미래를 생각하면 여름은 헛웃음이 나왔다.

　"할게요."

　병원 문턱을 넘기까지 얼마나 망설였던가. 일회용 치마를 들어올린 채 초음파 화면 속 자신의 난소를 들여다보는 일은 얼마나 고통스럽고 민망했던가. 차가운 김교수의 눈빛과 말 속에서 어떤 희망이라도 찾으려 애쓸 때 얼마나 두려웠던가. 하지만 모든 괴로운 기억은 '난자 매진 임박'과 같은 분위기 속에서 순식간에 사라졌다. 여름은 홀린 듯 난자동결을 결정해버렸다.

　김교수의 방에서 나오고, 간호사에게 시술 준비 과정 설명을 듣고, 필요한 사전 검사 리스트를 받아들고 검사실 앞에 와서야, 댕강 끊어졌던 여름의 정신줄이 다시 달라붙었다.

어쩌다 여기까지 온 걸까.

검사 대기실 의자에 털썩 앉으며 여름은 처음 이 병원을 찾던 날을 기억했다.

"난자가, 지금 시기에 열개는 보여야 되는데. 왼쪽에는 거의 없고, 오른쪽에만 세개 정도."

그날 김교수는 초음파 사진 속, 위태롭게 깜빡이는 형광 녹색의 점들을 가리켰다. 그걸 보면서 여름은 1년쯤 전에 홈쇼핑에서 마스크팩 50장 세트를 샀던 일을 떠올렸더랬다.

"우리 고객님들, 이번이 마지막 기회예요. 이 가격에 이 퀄리티의 팩 50장? 이런 구성 두번 다시 없습니다."

매끈하다 못해 번쩍번쩍 빛나는 피부의 쇼호스트가 절규하듯 외쳤다. 전날 마감 근무를 한 탓에 비몽사몽 누워있던 여름은 자기도 모르게 부스스 몸을 일으켰다. TV 앞에서 바스락바스락, 삶은 달걀을 까던 윤희가 여름을 돌아보며 말했다.

"살까?"

그 순간 TV에서 사이렌 소리가 울렸다. 화면 속 '매진 임박'이라는 글자가 다급하게 깜빡였다. 여름은 윤희에게 대답할 새도 없이 핸드폰을 들어 자동주문 전화번호를 눌렀다. 퇴근하면 팩은커녕 세수조차 안 하고 쓰러져 자는 날이 부지기수였다. 화장대 서랍에 유통기한이 다 되어가도록 안 쓰고 쌓아둔 팩 대여섯장이 남아있다는 건, 여름도 윤희도 기억하지 못했다. 그렇게 해서 집에 도착한 50장에 79,900원짜리 마법의 팩은, 지금까지도 한 40장이 남아있을 터였다.

"에이 씨, 팩은 안 쓰면 그대로 남아있기나 하지."

쓸 일도 없는 난자가 매달 만들어지고 또 속절없이 몸에서 빠져나갔다는 사실이 문득 아깝기도, 괘씸하기도 해서 뱉은 말이었다.

느닷없는 혼잣말에 옆자리 남자가 여름을 돌아봤다. 여름보다 적어도 두어살 어릴 것 같았다. 남자의 손을 잡고 있는 여자는 그보다도 더 어려보였다. 여름은 괜히 미안해져서 어색한 미소를 던지고 살짝 돌아앉았다.

미친 여자라고 생각하겠지. 가뜩이나 혼자 와 가지고 눈에 띄는데.

검사 대기실을 가득 채운 사람들은 대부분 부부로 보이는 남녀였고 이따금 모녀도 있었다. 혼자 앉아있는 건 여름뿐이었다. 의사를 만나려고 해도, 피검사를 받으러 가도, 스스로 주사 놓는 법을 배우려 해도 늘 인파 속에서 대기해야 했다. 난임 치료로 유명한 이 병원은 그만큼 문전성시였다.

김*혜
한*름
박*정

대기실 모니터에는 수없이 많은 이름이 깜빡였다.

한*름에서 생각할 수 있는 이름은 몇개 되지 않았다. 그리고 떠올릴 수 있는 것 중에 제일 튀는 이름이 여름이었다. 여름은 늘 그게 불만이었다. 김*혜나 박*정처럼 또래에 흔한, 그래서 들어도 별 관심이 가지 않을 이름이면 좋았을 것을.

　그렇지 않아도 왜소하고 약한 몸으로 복날 더위에 아이를 낳느라 윤희는 죽을 고비를 몇번이나 넘겼다고 했다. 그해 여름은 유난히 뜨거워서, 기록적 폭염 운운하는 기사가 매일같이 났다고 했다. 그렇다고 애 이름을 한여름으로 지을 것까지야. 여름의 생일 즈음하여 윤희가 앓아누울 때마다, 그리고 평범한 이름 뒤에 슬그머니 숨고 싶은 이런 순간마다 여름은 자기 이름을 미워했다. 대기실에서 이름이 불리고 사람들이 어쩌다 자기를 쳐다보기라도 하면, 여름은 부끄러웠다. 이런 병원에 여자 혼자 와서 이 방 저 방 기웃대고 있다는 사실이 어쩐지 창피했다. 그리고 그런 걸 창피해하는 자기 자신이 한심했다. 결혼이고 애 낳는 거고 간에 다 때가 있는 법인데 넌 어쩌려고 그래, 하는 윤희의 10년 묵은 외침이 어느새 여름의 마음속에 깊이 박혀 있었다.
　어우, 지겨워.
　그런데도 엄마와 팔짱을 낀 채 병원에 드나드는 제 또래를 볼 때마다 여름은 윤희의 얼굴을 떠올렸다. 그러면 서럽기도, 외롭기도, 윤희에게 미안하기도 했다. 하지만 난자동결을 준비하고 있다는 걸 윤희에게 털어놓을 계획은 없었다. 윤희에게 임신과 출산이란 반드시 결혼을 거쳐 벌어져야 하는 거였다. 섣부른 고백으로 딸의 결혼 가능성에 대한 윤희의 미련과 환상, 집착에 불을 지펴서는 안 될 일이었다.

어차피 이름 부를 거면서 한 글자 가리긴 뭐 하러 가렸담.

여름은 한여름님,을 우렁차게 외치는 간호사를 원망스레 바라보며 일어섰다. 어머, 이름 특이하다. 그런데 저 여자, 혼자 왔나 봐. 뒤에서 수군대는 소리가 들려오는 것만 같았다. 응, 혼자 왔어. 얘들아, 난 미래를 스스로 대비하는 골드미스란다. 여름은 최대한 꼿꼿하게 허리를 펴고 검사실로 걸어갔다.

"네개요?"

사전 검사로부터 딱 2주가 지났을 때였다. 김교수는 이제 시술을 해야겠다고, 최종 네개의 난자를 채취할 수 있을 것 같다 했다. 여름은 거의 비명을 질렀다.

"맞아요, 네개."

"왜죠?"

"왜냐고요?"

김교수가 돋보기안경 너머로 여름을 물끄러미 바라봤다. 김교수 뒤에 앉은 간호사의 얼굴이 쿡, 하고 터져 나온 웃음을 밀어 넣느라 벌겋게 물들고 있었다.

아니, 왜죠? 내 몸은 왜 이렇죠? 난 진짜 최선을 다했어요. 그렇게 애를 써도 소용없는 일이었나요? 내 인생은 어디로 가고 있는 건가요?

여름은 아무에게나 묻고 싶었다. 아니, 따지고 싶었다.

앞선 2주 동안 여름은 임산부와 같은 마음가짐으로 하루하루를 공들여 보냈다. 난생처음 자신의 몸 상태에 신경을 곤두세운 채 좋은 것만 먹고 나쁜 것은 피하려 했다. 술은 물론이요, 커피 한잔도 마시지 않았다. 혹시라도 배가 눌리면 좋지 않을까 봐 타이트한 옷도 입지 않았고, TV에서 잔인한 장면이 나오면 채널을 돌렸다. 엄마가 나를 가졌을 때 이런 마음이었을까 싶어 혼자 울컥한 적도 여러번이었다. 그렇게 눈물이 삐져나올 때마다 여름은 이게 다 호르몬 주사 때문이겠거니 하며 자신을 달랬다.

그놈의 주사. 여름이 정말 울컥한 포인트는 다른 것보다도, 주사였다. 남이 놓아주는 주사도 무서워서 늘 고개를 돌린 채 오만상을 찌푸리던 여름이었다. 그런데 시술을 준비하면서는 제 손으로 배에 주사를 놓아야 했다. 주삿바늘을 보는 순간마다 여름의 온몸은 땀에 젖었다. 집에서도 일터에서도 화장실에 숨어 주사를 놓느라 마음이 늘 쫓겼지만, 그 와중에도 여름은 한참 동안 손을 떨며 주저했다.

이제껏 병원에 갖다 바친 돈이 얼만데, 이걸 못 해?

자신을 채근해야만 겨우 제 살에 바늘을 꽂을 수 있었다. 간호사가 하나도 안 아플 거라고 장담했던 주사는 매번 욕이 나오게 아팠고 여름의 배 여기저기에는 피멍이 맺혔다. 아침저녁으로 주사를 놓는 고통의 순간마다 여름은 뿌듯함을 쥐어짜내며 모든 부정적인 감각과 싸웠다. 언제가 될지는 몰라도 준비가 된 날, 귀한 인간으로 태어날 존재들을 몸속에 키우고 있다는 생각이었다. 과학적으로는 아직 생명으로 분류될 수도 없을 그 미미한 것들이 여름에게는 이미 소중한 자식이었다.

그렇게 고이고이 키워낸 난자가 고작 네개라고?

어떤 블로그의 마흔살 여성은 열여섯개의 난자 채취에 성공했다고 했다. 난자를 서른일곱개나 채취했다는 놀라운 후기를 본 적도 있었다.

"나중에 시험관 시술이 성공하려면 한, 열다섯개는 얼려놔야 한다고 어디서 읽었는데요."

냉정함을 되찾으려 애쓰며 여름은 김교수에게 물었다.

"어디서요?"

김교수의 얼굴에 냉소 비슷한 것이 지나갔다. 뭐라도 묻고 싶고 아무거나 따지고 싶어 아드레날린을 내뿜던 여름은 금세 기가 죽었다.

"시험관 성공에는 여러 요소가 필요해요. 환자분이 만나서 함께 2세를 계획할 남자분의 건강 상태도 중요하고요."

그래서 고작 네개의 난자를 얼려놓는 게 소용이 있다는 건지 없다는 건지, 여름은 여전히 판단할 수가 없었다.

"그럼, 최대한 빨리 건강한 정자를 기증받아서 시험관 시술을 하면 임신 가능성이 좀 더 높아질까요?"

그렇잖아요, 이 모든 건 확률 게임이자 시간 싸움이니까. 여름은 자신의 순발력과 스마트함에 감탄하며 김교수를 바라봤다. 김교수는 여름보다 더 놀란 얼굴이었다. 여름이 김교수의 눈에서 보통의 사람 같은 감정을 본 건, 그게 처음이자 마지막이었다.

"환자분, 미혼이시잖아요. 미혼여성이 정자 기증받는 건 불가능해요. 법적으로, 안 돼요."

김교수 너머로 아까보다 더 안절부절못하고 있는, 한참을 달아오른 간호사의 얼굴이 보였다.

내가 지금까지 뭘 한 거지?

난자채취 시술을 고작 이틀 앞두고서야 여름은 가장 중요한 사실을 알게 된 거였다. 이 고난의 행군이 궁극의 결실을 보기 위한 대전제를. 결혼이라는 제도에 발을 들이지 않는 이상, 그래서 합법적 인공수정의 자격을 얻지 않는 이상, 난자에게 진짜 생명이 될 기회를 줄 수 없다는 것을. 애를 낳으라는 세상의 모든 닦달 앞에는 '결혼해서'라는 말이 소리없이 깔려있다는 것을.

지금이라도 모든 걸 멈추고 아직 결제하지 않은 시술비용과 난자 보관 비용 같은 걸 아끼는 게 현명한 것 아닐까.

혹시 알아? 조만간 애인이라도 생길지. 갑자기 결혼 같은 게 하고 싶어질지. 아니면, 법이 바뀌어서 미혼도 정자

기증을 받을 수 있게 될지.

집으로 향하는 광역버스 좌석에 앉아 여름은 생각하고 또 생각했다. 키 큰 빌딩과 우거진 나무가 수없이 차창 밖을 스쳐 지나갔다. 버스는 강변도로에 접어들고 있었다. 바깥 풍경을 따라 지난날의 기억이 여름의 머릿속을 흘렀다.

수능 성적에 맞춰 들어간 대학, 등 떠밀려 몇번 만났던 소개팅남, 그 가게가 마침 집 앞에 있기에 시작한 카페 일.

이제껏 여름의 인생은 그냥 그렇게 물길 생긴 대로 따라 흐르는 강 같았다. 그런 게 팔자고 인생이려니, 막연히 생각하며 살아 온 삶이었다.

당신의 가치를 더욱 높여줄 특별한 시간
행운을 만드세요, 당신의 손으로

대형 광고판이 여름의 눈을 잡아끌었다. 미남 한류스타가 주사위와 트럼프 카드를 배경으로 미소 짓고 있었다. 버스가 도시 외곽의 명품 아울렛과 카지노 호텔단지를 지나는 참이었다. 종점에 가까워진 버스 안이 한적했다. 여름은 슬쩍 아랫배를 만져봤다. 고작, 네개의 난자. 그러나 실로 오랜만에 여름이 원해서, 오롯이 혼자서 선택하고 결정해서 만들어낸 거였다. 여름이 자신의 인생에 선물하는 가능성일 뿐이었다. 이걸로 인공수정을 해볼지 말지는 미래의 여름이 선택할 몫이었고, 그래서 여름이 애 엄마가 될 수 있을지 아닐지는 신밖에 모를 일이었다.

어차피 시작부터 도박 같은 거였다. 그동안 애써 모은 주사위가 던져지려는 참이었다. 주춤할 이유도 여유도 없었다. 하차 벨을 누르고 일어나며 여름은 속으로 외쳤다.

못 먹어도 고!

버스 정류장과 집 사이 딱 중간쯤에 여름이 일하는 카페가 있었다. 어차피 마감 근무를 하는 날이었다. 그동안 맞은 호르몬 주사 때문에 온몸이 생리 직전처럼 부은 데다 두통까지 끊이질 않아 걸음이 천근만근 무거웠다. 곧바로 카페에 가서 좀 쉬다가 일을 시작하면 적당할 것이었다. 병원에 오가는 2주 동안 여름은 예전만큼 몸 바쳐 일하지 못했고, 점장은 점점 심하게 눈치를 주고 있었다. 오늘과 내일은 조금 일찍 출근해야 모레 가벼운 마음으로 병원에 시술받으러 갈 것 같기도 했다.

하지만 카페 간판이 보이는 골목 어귀에서 여름은 방향을 틀어 집으로 잰걸음을 했다. 윤희가 보고 싶어서였다. 지금의 여름보다 스무살 가까이 어렸을 적에 결혼을 하고, 임신을 하고, 아홉달 동안 미지의 존재를 고이 품었던 엄마라는 사람. 한여름에 한여름을 낳아준 그 사람을 당장 보고 싶었다.

헉헉대며 집에 도착한 여름에게, 윤희는 타박부터 했다. 지금이 몇신데 밥도 안 먹고 허연 얼굴로 돌아다녔냐는 거였다.

"자식 목구멍에 밥 넘어가는 소리가 제일이라는 말이 그냥 나온 줄 알아? 하여간에 애도 안 낳아본 게 부모 속을 알겠어, 뭘 알겠어."

출근까지 빠듯하게 남은 초저녁 시간, 윤희가 허둥지둥 내주는 식은밥에다 잔소리를 얹어 먹고 여름은 거뜬히 집을 나섰다.

작가의 말

김지원

후기를 쓰라는데, 빨리 써서 달라는데.

도무지 쓸 말이 생각나지 않았다. 그래서 '이 소설을 내가 왜 쓰기

시작했더라?' 하며 1년도 더 묵은 노트를 꺼내 뒤져봤다.

괜찮다.

열심히 살았다.

아직 살아있다.

이런 말이 적혀있었다.

내 삶이 왜 이 지경이 되었나, 난 왜 그 모양으로 살았으며 세상은 왜 또 나한테 이렇게 모질게 구나, 하며 비탄에 빠져 보내던 세월이 있었다. 남들은 다 잘사는 것 같은데 나만 답이 없어 보였다. 모든 끝을 생각하던 그때 나를 일으켜 세운 게, 누군가 툭 던진 '그럴 때 있어'라는 말이었다.

엄청난 포부를 가지고 쓴 소설은 아니지만, 그래도 무심하게 내민 따뜻한 손 같은 것이 되면 좋겠다는 생각이었다. 그런 마음이 내 소설을 읽는 분들에게 가 닿을지, 지금은 그게 제일 궁금하다.

우리들의 방콕 모임

내 마음 헤아려주면
다 언니!

이 명제

심하게 앓을 때마다 등장인물이 많이 나오는 소설을 읽고 있었다. 부대끼는 사람들 속에서 아픈 것을 잊거나 더 아픈 이를 만나 같이 울거나 대책 없이 명랑해지곤 했다. 이야기에 는 언제나 끝이 있었고, 끝에 다가서면 새로운 무언가가 시작되었다. 일상에서도 이어 지는 이야기의 힘을 믿는다. 중앙대 문예창작학과와 서강대 언론대학원에서 공부했 으며, 어린이 책 만드는 회사에 오래 다녔다.

김치를 가지러 간 건 엄마가 팔에 깁스를 한 지 사흘째 되던 날이었다. 낯가림이 심한 조카가 울어대자 올케는 아이를 안은 채 방으로 들어갔고 동생도 제 처를 따라갔다. 한쪽 팔로 냉동실에서 된장떡을 꺼내던 엄마는 내게 깁스한 팔을 들어 보이며 김치는 직접 꺼내라고 했다. 이미 내 냉장고에도 잔뜩 있는 것들이었다. 된장떡은 된장에 멸치와 표고버섯, 다시마와 황태를 갈아 넣고 호박고지에 말린 냉이까지 넣어 버무린 다음 아기 주먹만 하게 뭉쳐 만든 것으로 끓는 물에 넣으면 된장국이, 두부와 버섯을 썰어 넣으면 제법 훌륭한 된장찌개가 되는 엄마표 인스턴트식품이다. 된장떡은 밥할 시간이 없어 라면을 먹는다는 핑계를 무색하게 만들었지만, 엄마 김치는 언제나 라면을 불렀다. 그러니 엄마의 적은 엄마인 셈이었다.

내 몫으로 담아둔 김치통을 꺼낼 때 동생이 방에서 나왔다.

"어, 누나 바쁘구나."

정작 내가 바쁠 때는 하지 않는 말. 할 말이 있을 때면 동생은 주머니에 양손을 찔러넣은 채 그렇게 말하곤 했다. 이번엔 엄마가 방으로 들어갔다.

"그냥 가만히 계시라고 해도 엄마가 말을 들어? 제대로 할 수 있는 것도 없으면서 왔다갔다 왔다갔다, 한쪽 팔로 자꾸 애를 안겠다고 하질 않나……."

동생이 원하는 것을 정확하게 말하지 않은 것은 그때가 처음이었다.

"고집은 또 엄청 세요. 와이프가 머리 감겨드린대도 싫대. 세수도 겨우 하면서."

엄마 성격에 며느리에게 기대는 것이 편할 리 없었다.

"어쩌라고? 이 집에 여자는 와이프랑 엄마뿐인데. 이 날씨에 샤워도 안 하고 벌써 사흘째라고. 누나가 머리라도 좀 감겨드리고 가. 자식이 한다면 못 이기는 척하시겠지."

"너도 엄마 자식이잖아. 머리 정도는 네가 좀 감겨드리지."

동생은 펄쩍 뛰었다. 다 큰 아들이 어떻게 엄마를 씻기냐는 것이었다. 글쎄, 다 큰 며느리가 시아버지 똥오줌도 받아내고 목욕도 시킨다는 이야기는 좀 익숙하지 않나.

그날부터 엄마는 나의 동거인이 되었다. 팔이 나을 때까지만이라는 전제를 달고 우리는 함께 살기 시작했다.

우리 집으로 온 엄마를 반긴 건 친구들이었다. 동생 집에서 출발하기 전, 당분간 엄마와 함께 지내야 하는 상황을 단톡방에 올렸더니 친구들이 어느새 집 앞에 와 있었다. 엄마 반찬을 종종 나눠 먹어서 그런지, 그들은 처음 본 엄마를 오래 알던 사람처럼 대했다. 엄마가 가져온 것과 자기들이 사 온 것을 척척 정리하면서 어제 만난 것처럼 엄마에게 말을 건넸다.

"엄마 덥죠? 얼른 씻고 나와서 수박 드세요. 너도 덥겠다. 얼른 엄마랑 같이 씻어."

언제부터 내 엄마가 제 엄마였다고, 붙임성 좋다는 말을 종종 듣는 경미였다. 말릴 새도, 거절할 틈도 없었다. 내 한 몸 말고는 누구도 씻겨본 적 없는 내가 엄마 몸을 닦는 것이 쉽지는 않았다. 어쩌다 함께 목욕탕에 가도 등이나 겨우 밀어줬을 뿐. 쑥스러워하기는 엄마도 마찬가지였다. 우리는 서로 조심스러웠다.

첫 목욕을 마친 어색함을 깨준 것도 친구들이었다. 멀쩡한 드라이어를 두고 저마다 손선풍기를 들이대며 엄마 머리카락을 말리겠다고 수선을 피웠다. 목 좀 축이시라며 접시 가득 깍둑썰기한 수박을 내오기도 했다. 그 사이 수박은 제법 차가워져 있었다.

"혼자 살면 여름에 이게 제일 아쉬워요. 수박을 실컷 못 먹는 거."

엄마도 말로만 전해 듣던 내 친구들을 스스럼없이 대했다.

"그랬어? 한 통 사서 이렇게 모여서 나눠 먹지?"

"얘네 둘은 툭 하면 야근이고요, 쟤는 프리랜서라 바쁠 땐 밤새워 일해요. 먹을 거 사면 버릴 때가 더 많아요."

수박 먹고 싶으면 여기 와서 엄마랑 먹자, 올여름엔 엄마 덕에 수박 실컷 먹겠네, 하더니 정말로 그렇게 되었다. 친구들은 저녁이면 우리 집으로 모여들었다. 덕분에 야근이나 회식을 하는 날에도 마음이 놓였다. 우리는 아무도 엄마와 밖으로 나갈 생각을 하지 않았다. 그저 엄마가 있는 집으로 모여들었다.

아침은? 점심 뭐 먹었어? 집에 먹을 건 있니?

엄마의 3단 물음표는 저녁을 먹기 전 치러야 하는 통과의례와 같았다. 매일 보는 친구들에게 엄마는 매일 같이 물었다. 함께 식사하지 않는 시간에도 안녕했는지를 확인하는 엄마의 인사인 셈이었다. 친구들도 이미 잘 알고 있었다. 통화를 할 때면 엄마는 늘 같은 걸 물었다. 밥은? 뭐 먹었어? 냉장고에 먹을 건 있니? 그게 엄마의 '여보세요'였다. 상자 가득 먹을거리를 채워 보내놓고는 뭐 먹고 사냐고 묻는 엄마에게 나는 자주 툴툴거렸고, 친구들은 그런 나를 타박하는 게 일이었다.

"엄마가 보낸 테트리스 뜯을 때마다 얘 엄청 투덜댔어요."

친구들은 엄마 택배를 그렇게 불렀다. 큼지막한 김치통

부터 작은 밑반찬 그릇까지 테트리스 하듯 아귀를 맞춰 차곡차곡 쌓은 뒤 빈틈에는 된장떡이나 김, 치즈 같은 것들을 채워 넣은 탓이었다. 덕분에 엄마 택배는 언제나 흐트러진 것 하나 없이 내게 도착했다. 혼자 밥 먹지 말라고 친구들 몫까지 넉넉하게 넣은 탓에 테트리스는 늘 무거웠다. 구석구석 빼곡하게 채운 음식들을 꺼내고, 양념이 흐르지 않도록 랩과 비닐 팩으로 몇겹씩 포장한 반찬통을 정리하는 것도 일이라서 택배 상자를 받고 나면 한숨이 절로 나는 날도 있었다.

"호강에 겨워서 요강에 똥을 싼다고, 얘는 당연하게 받아먹었어도 우리는 안 그랬어요."

그들은 저마다 엄마 반찬 중 가장 좋았던 것을 읊어댔다.

내 최애는 봄동 겉절이! 봄동의 풋풋함은 봄맛이요, 양념의 칼칼함은 엄마 손맛이니, 자연과 엄마가 하나 되어 내 안을 가득 채우는구나. 아니, 봄에는 나박김치지. 얇게 저민 당근이랑 미나리 듬뿍 넣은 엄마 김치가 얼마나 향긋하고 칼칼한데. 색도 고와서 보기에도 좋았어요.

고춧가루를 곱게 빻아서 우려내면 빛깔은 곱고 맛은 칼칼하고 그래.

여름엔 오이지요. 날은 덥고 습하지, 갑님 열기는 열대야만큼 지속되지, 그런 날엔 꼬들꼬들한 오이지무침을 갑님이라고 생각하고 꼭꼭 씹어먹었어요. 나는 열무김치. 여름에 입맛 없을 때 열무김치 하나면 국에 밥 말아서 뚝딱, 국수 말아서 뚝딱, 한끼 뚝딱이었어요.

말아먹고 비벼먹는 건 깍두기 양념 못 따라가지. 엄마가 양념까지 알뜰하게 먹으라고 해서 깍두기 다 먹고 나면 양념에 밥도 비벼먹고 국수도 말아먹었어요. 근데 엄마 깍두기는 왜 달아요? 양념 한방울까지 매콤하면서도 달콤한 게 인생이 담긴 맛이라고나 할까요.

가을에는 무에 단맛이 들어서 깍두기는 가을에 제일 맛있어.

친구들은 경쟁하듯 맛 표현에 공을 들였고, 엄마는 추임새처럼 김치 담그는 법이며 맛있는 이유를 들려주었다.

"엄마는 그걸 얘한테도 보내고, 동생한테도 보낸 거예요?"

"엄마 동생네로 이사한다는 얘기 듣고 속상했어요. 우리한테는 테트리스 해체하는 날이 잔칫날이었는데, 좋은 시절 다 갔구나 싶었거든요."

1년 전쯤, 엄마는 오래 살던 빌라를 팔고 동생네와 살림을 합쳐 역세권 아파트로 이사했다. 마침 급매로 나온 집이 있었다고 했다. 동생이 급하게 결혼을 하고 얼마 지나지 않아 올케의 배가 불러오자 살림을 도와주러 드나들기 시작하더니, 올케의 출산 휴가가 끝나면서부터는 갓난아기까지 엄마 몫이 된 탓이었다.

　동생 집에서도 엄마는 여전했다. 철마다 김치 보냈다, 열무가 잘 익었어, 같은 짧은 문자를 보내곤 했다. 그런 문자를 받은 날이면 어김없이 퇴근 후 택배 상자를 뜯었다.

　"엄마 팔 다쳤다는 얘기 듣고 얼마나 철렁했게요. 테트리스는 정말 끝이구나 했어요. 우리 좀 이기적이죠?"

　"근데 엄마 아프다고는 안 하고 김치 가져가라는 말만 했다면서요?"

　계단을 내려가던 엄마가 난간에 팔을 부딪혔다는 얘기는 동생에게 전해 들었다. 슬쩍 부딪힌 것치고는 붓기가 심상찮다 싶더니 골절이었다. 깁스하고 온 날, 엄마는 조금 길게 문자를 보냈다.

　-한동안 김치 못 해줘. 택배도 못 보내. 주말에 와서 가져가.

"무슨 김치가 제일 맛있었어? 엄마가 팔 나으면 제일 좋아하는 거 하나씩 해줄게."

"라면이랑 먹는 게 가장 맛있었어요."

칼칼하고 개운한 김치도, 아삭한 장아찌도, 꼬들꼬들 씹히는 오이지나 이런저런 무침 모두 라면이랑 먹을 때 가장 맛있었다.

엄마에게 밥이란 웬만하면 쌀이어야 했고 가능하면 방금 지어낸 더운 음식이어야 했다. 면이 밥이 되려면 손수 반죽하고 숙성시켜 밀어낸 것이어야 했다. 라면 같은 건 엄마 기준에 밥이 아니었다. 모름지기 밥이란 스스로 시간과 정성을 들여 만든 음식이어야 한다고 믿었다. 남의 손을 거쳐 후루룩 데우기만 하는 것 말고. 그래서인지 엄마는 저녁마다 우리가 포장해 오거나 배달시키는 음식을 볼 때마다 '밥을 먹어야지'라고 했다. 단톡에서 함께 저녁 메뉴를 정할 때는 그거 맛있니? 오늘은 그거 먹어 보자, 했으면서.

그래도 저마다 좋아하는 술과 음료를 들고 잔을 부딪는 순간은 언제나 즐거웠다. 덕분에 매일 쓰는 물잔부터 기념품으로 받은 텀블러까지, 집에 있는 잔이란 잔은 다 나와야 했다. 온갖 병과 쓰레기봉투가 반비례의 속도로 쌓이고 줄어드는 시간이 이어졌다. 퇴근 후의 고요가 사라진 대신 회사에서와는 다른 소란함이 저녁 시간을 채웠다. 집에 오면 소파에 누워 리모컨과 전화기만 만지작거리다 잠들던 일상은 끝이 났다. 그렇게 엄마는 우리들의 엄마가 되었다.

엄마가 오고 난 뒤 집이 조금씩 달라졌다. 한쪽 팔로도 부지런히 움직이는 엄마 덕택에 두서없이 쌓여있던 것들이 자리를 잡거나 비워졌고, 몇달째 넘어가지 않던 달력은 매일매일 제날짜에 맞춰졌다. 달라진 건 나보다 친구들이 먼저 알아차렸다.

"빡찌는 좋겠다. 퇴근하고 청소기 돌릴까 말까 고민 안 해도 되잖아."

"너도 고민하지 마. 고민하다 청소기 드는 순간 이웃에 민폐야. 그냥 너도 로봇 청소기를 사."

그랬다. 집은 언제나 단정했고, 더는 주말에 빨래를 몰아서 할 필요도 없었다. 엄마와 함께 사는 것이 싫지만은 않았다. 다만 경계가 사라지는 것이 문제였다. 엄마가 몰라도 되는 것들이 불쑥불쑥 도드라졌다. 무심결에 건넨 물음들, 가령 그때 그건 잘 해결됐어? 사과는 받았어? 같은 질문에 엄마는 예민하게 반응했다. 엄마와 함께 지내는 것이 자연스러워서 우리끼리 있을 때처럼 편하게 이야기하다 생기는 일이었다. 그러니 누구의 잘못이랄 수도 없었다. 굳이 원흉을 찾자면 같이 산다는 것, 그리고 단톡방이었을까.

딱히 엄청난 비밀도 아니었다. 동료에게 뒤통수 맞은 일이나 지질하기 그지없는 상사의 추행 같은, 겪을 때는 세상 억울하고 가슴이 터질 것처럼 분하지만 해결되지도 않고 사과받는다고 해도 마음이 풀리지 않을, 상처도 추억도 아닌 그저 지난 일들. 내게만 일어나는 일도 아니었다. 썸남의 이해할 수 없는 언행이나 이랬다저랬다 갈피를 잡을 수 없는 클라이언트, 보증금과 월세를 올리는 만가지 방법을 알고 있는 집주인을 우리는 앞서거니 뒤서거니 비슷하게 겪어내고 있었다.

그런 일을 내가 겪었다는 것이 엄마에게는 문제였다. 친구의 일이라면 안타까움과 위로를 겹겹이 전하던 엄마가 내게만은 꼬투리를 잡았다. 이렇게 했다면 네가 덜 다쳤을 거라고, 저렇게 했다면 네가 이해받았을 거라고, 그렇게 한 게 네가 틈을 보인 거라고. 내가 부족하다고 생각하는 부분을 물고 늘어졌다.

함께 모인 자리에서는 그나마 수습이 가능했다. 문제는 단톡이었다. 이 이야기가 묻히고 저 이야기가 튀어나오다 아무말대잔치가 되어버리는 것이 단톡방의 성격이라는 것을 엄마는 받아들이지 못했다. 엄마가 모르는 이야기가 나오는 것도 견디지 못했다. 이런저런 일이 있어서 그렇게 얘기한 거라고, 우리의 길고 긴 지난 시간을 꼬박 설명해야 했다.

"어린이방이 필요해."

친구들은 코웃음을 쳤다.

"엄마가 실장이야, 팀장이야? 어린이방은 무슨. 아예 엄마더러 휴가 가시라고 하지 왜!"

"잠깐 왔다 가는 너희는 몰라. 엄마랑 먹고 자고 눈 뜨자마자 얼굴 보는 나한테는 엄마가 없는 공간이 필요해."

그들은 차라리 나더러 집에 오지 말라고 했다.

– 삭제된 메시지입니다.

그건 그냥 잘못 전송된 것이었다. 동료에게 할 말을 엄마와 친구들이 같이 있는 방에 해버린 건데, 바로 지웠는데, 하필 그 메시지 이후로 대화가 끊겼다. 아무 말도 하지 않았으니 어떤 말도 이어지지 않는 것이 당연했다.

하지만 엄마는 믿지 않았다. 우리가 무언가 감추는 것이라고 여겼다. 집요하게 캐묻다 급기야 전화를 걸어왔다. 체감온도 40도, 불쾌지수 80을 훌쩍 넘어간 날이었다. 후덥지근한 공기가 스멀스멀 퍼져가는 사무실에서 답이 정해진 회의를 길게 하던 중이었다. 퇴근하고도 집에 가기 싫었다. 하지만 친구들은 모두 우리 집에 있을 테고, 집 밖에서 헤매기에는 위험한 날씨였다.

"너도 와서 땡모반 한잔해. 오늘 날씨에 딱이네."

엄마는 아무 일 없었다는 듯 나를 맞이했다. 친구들은 이미 엄마 손에 들린 수박 주스처럼 불콰했다. 더워서 붉어진 것이라고 했다. 아닌 게 아니라 정말 수박 주스가 딱 맞는 날씨이긴 했다. 회사에서나 집에서나 숨막히게 답답한 것이 매연 가득한 방콕 시내에서 냉기가 사라진 땡모반을 들고 서 있는 기분이었다.

"이게 뿌빳뽕커리래. 찬밥에 비벼먹는 게 더 맛있네. 얼른 먹어."

엄마가 밥 위에 소스 범벅인 게 한마리를 얹어 내 앞으로 밀었다.

"엄마, 얘 찬밥 엄청 싫어해요."

"그 찬밥은 이런 밥이 아니잖아."

친구들은 키득거렸고 엄마 턱이 길어졌다. 엄마가 모르는 이야기, 엄마가 듣고 싶은 이야기가 시작된 것이다.

동생이 결혼 소식을 전하던 날이었다. 여자친구를 임신시켰다는 말은 엄마에게 진작 전해 들은 참이었다.

"누나는 언제까지 엄마한테 짐이 될 거야? 지금 나이가 몇이냐고? 노처녀보다 돌싱이 낫다는 말도 못 들었어? 넌 재혼하려는 여자들한테도 밀려. 찬밥 더운밥 가릴 때가 아니라니까."

누가 엄마 어깨를 무겁게 하는지, 제 결혼 비용을 어떻게 마련했는지 알기나 하는지, 동생은 꽤 점잖은 목소리로 나를 찬밥도 아까운 존재로 만들었다.

아주 오랜만에 화가 치밀었다. 어이없어 말도 안 나왔다. 분하고 억울했다. 하루하루 주어진 일을 하고 다달이 내 몫의 월급을 받으며 정직하게 살았을 뿐이다. 몇번의 연애에도 덜컥 임신이 되거나, 떨어져서는 못 살 것 같은 사람이 없었을 뿐이었다. 무엇보다 여태 엄마와 내게 손 벌리며 살던 동생에게 그런 말을 들었다는 것이 못 견디게 억울했다. 친구들은 그런 내 앞에서 찬밥의 쓸모를 논하며 깔깔댔다.

"라면삼합 몰라? 라면엔 찬밥이랑 신김치지."

"김치볶음밥의 기본도 찬밥에 신김치고."

"밥풀도 한김 식어야 끈끈해져. 뜨거운 걸로 백날천날 지방 붙여봐라. 병풍에 달랑달랑 붙어있다, 똑 하고 떨어지지."

적당히 식어야 더 잘 섞이고 어우러질 수 있다는 게 찬밥 유용론의 결론이었다.

친구들의 농담이 되어버린 동생의 막말을 뒤늦게 알게 된 엄마는 가만히 맥주를 따랐다. 내 앞에 한잔, 그리고 엄마 앞에 한잔.

"네가 왜 짐이야. 이렇게 든든한데."

나도 안다. 운 좋게 대학을 졸업하면서 바로 사회생활을 시작했고 이미 두해 전 10년 장기근속상을 받았다. 그 덕에 냉장고만 빼고는, 아주 오래전 독립할 수 있었다.

그런데 정말 엄마에게 나는 든든한 사람이었을까. 맥주는 미지근했고, 거품도 빠르게 사그라들었다.

엄마는 깁스를 풀고도 동생 집으로 돌아가지 않았다. 그리고 본격적으로 집안일을 시작했다. 내 살림은 이내 엄마 살림이 되었다. 집이 반듯하고 가지런해질수록 나는 불편했다. 불편함은 사소한 데서 두드러졌다. 엄마는 수건을 세로로 두번, 가로로 세번 접어 작은 직사각형으로 만들었다. 나는 호텔 수건처럼 돌돌 말았다. 설거지하고 나면 엄마는 그릇을 엎어놓았고, 수저는 손잡이가 아래로 가도록 수저통에 꽂았다. 나와는 모두 반대였다. 반찬통이나 컵의 위치도 미묘하게 달라졌다.

엄마 손이 지나간 자리는 보기 좋게 단정해졌지만 내가 쓰기에는 불편했다. 그런 마음을 느끼는 것도 불편했고, 불편하다고 말할 수 없어서 더 불편했다.

문제는 감추지도 못했다는 것이다. 속내를 감추고 지내기에 분리형 원룸은 좁디좁았다.

"자고 일어나면 이불을 탁탁 털어 개켜야지."

시작은 엄마의 그 한마디였다.

"아침에 그럴 시간이 어딨어? 잘 때 어차피 펼 건데, 그냥 두면 되지."

엄마는 내 말에는 아랑곳하지 않고 이불을 갠 후 누룽지를 끓여 아침상을 차렸다. 엄마가 수저를 놓으려는 순간, 눌러둔 말들이 튀어나왔다.

"그거 손잡이가 위로 오게 꽂으면 안 돼? 입에 넣는 데를 자꾸 손으로 만지지 말고."

엄마 턱이 또 길어졌다.

"컵도 그래. 나는 왼손잡이인데, 엄마는 손잡이를 다 오른 쪽으로 돌려놨어."

여느 때와 다름없는 아침이었다. 생각 없이 말하고 나니 조금 후련하기도 했다. 동생과 나는 한배에서 나온 게 맞았다.

퇴근 후는 여느 때와 아주 달랐다. 비밀번호를 다 누르도록 문이 열리지 않았다. 다녀왔습니다, 인사를 해도 대꾸하는 사람이 없었다. 친구 한둘은 나보다 먼저 집에 와 있어야 했다. 엄마는 좁은 부엌에서도 무엇이든 송송 썰고, 바락바락 무치고, 지글지글 볶아서 든든하고 감칠맛 나는 저녁을 만들어냈다. 그래서 친구들은 여전히 우리 집으로 퇴근하곤 했는데, 아무도 없었다.

밥솥에는 밥이 한가득, 냄비에는 국이 한가득, 냉장고에는 반찬통이 나란했다. 산책하러 갔나? 그럴 리가. 엄마는 여기 온 후 혼자서는 집 밖으로 나간 적이 없었다. 가만 보니 집이 달라져 있었다. 컵은 왼손으로 잡기 좋게 방향을 바꿨고, 수저통에는 손잡이만 보였다. 이불도 펼쳐져 있었다.

친구들도 모두 내 전화를 받지 않았다. 혹시나 해서 집 근처를 둘러보았지만 엄마는 없었다. 가끔 같이 걷던 공원에도 없었다. 별일 아니라고 혼잣말을 하면서도 가슴이 두근거렸다. 엄마는 이 동네에서 갈 데가 없었다.

설마 나한테 섭섭하다고 동생에게 간 거야? 이제 막 말문이 트인 아기가 보고 싶었겠지. 엄마는 말랑말랑한 갓난아기를 안고 있는 게 얼마나 포근한지, 말도 못 하는 어린 것이 벙싯거리기라도 하면 엄마에게만 다정하게 속삭이는 것 같아 반갑고 대견하고 신기했다고 자주 이야기하곤 했다.

"어, 누나 웬일이야? 엄마 잘 계시지?"

"넌 엄마 안부를 나한테 묻니?"

딸이 미우면 엄마, 아들에게라도 가시지. 날카로운 마음이 갈 곳을 잃었다. 알 수도 없는 사람들이 무수히 오가던 터미널에서 내 손을 놓쳤을 때 엄마도 이렇게나 두려웠을까.

그때 나는 분명 엄마 손을 잡고 매표소 앞에 서 있었는데 어느새 나 혼자였다. 알아들을 수 없는 소리만 귓가에서 왕왕댔고, 낯선 손들이 자꾸만 내 손을 치고 지나갔다. 터미널에 가기 전 엄마는 다짐하듯 몇 번이나 내게 당부했다. 엄마 손을 놓치면 그 자리에서 가만히 기다리라고, 그래야 엄마가 찾을 수 있다고.

나는 가만히 있으려고 했다. 그런데 갑자기 두껍고 축축한 손이 내 손을 덥석 잡았다. 그래서 냅다 앞으로 달렸다. 달리다 보니, 엄마도 내게 달려오고 있었다. 신발 한짝을 잃어버린 채, 하지만 신발 따위 무슨 상관이냐는 듯 엄마는 그저 나를 안았다. 내가 가만히 서 있건, 어딘가로 달려가건 엄마는 늘 나를 찾아냈다.

그런데 나는 엄마를 찾을 수 없었다. 어느 쪽으로 달려야 하는지도 알 수 없었다.

일단 지구대로 달려갔다. 엄마가 사라졌다고, 찾아달라고 했다. 엄마의 인적사항을 묻던 경찰들은 이내 대수롭잖게 말했다.

"나이도 젊고 치매도 아니시라니까 곧 오실 거예요. 길 엇갈리면 안 되니까 댁에 가서 기다리시죠."

할 수 있는 것이 없었다. 엄마를 찾아야 하는데 어디로 가서 누구에게 물어야 할지 나는 알지 못했다. 가만히 엄마를 기다리려 해도 엄마를 잃어버린 자리가 어디인지 도통 알 수 없었다. 엄마는 집에 있었고 나는 회사에 갔으니 엄마를 잃어버린 게 아니라 엄마가 사라진 것이었다. 그럴 때는 어떻게 해야 하는지 엄마도 세상도 내게 알려주지 않았다. 사라진 건 엄마인데, 가야 할 곳을 몰라 헤매는 것은 나였다.

소득도 없이 진땀만 흘리다 집으로 향했다. 그런데 거기, 엄마가 있었다. 편의점 옆 작은 화단에 쪼그려 앉은 이는 엄마였다.

대체 거기서 그런 꼴로 뭐 하는 건데? 엄마 옆에 나란히 앉은 경미는 나와 눈을 마주치고도 못 본 척했다. 내 전화도 받지 않았다.

"엄마!"

소리를 지르려던 건 아니었다. 마음이 놓이는 한편 어처구니가 없어서 목소리가 커진 것뿐이었다. 경미가 소리 없이 검지 손가락을 입술 앞에 세웠다. 엄마는 여전히 쪼그린 채 고개를 더 깊이 숙였다. 심장이 제멋대로 쿵쾅거렸다.

엄마는 손에 생수를 부어 고양이에게 먹이고 있었다. 경미가 참치 캔을 뜯어 건네자 엄마는 기름진 참치 몇조각을 고양이가 할짝거리던 손바닥 위에 올려놓았다. 한참을, 적어도 내게는 한참으로 느껴질 만큼을 엄마는 고양이에게 손바닥을 고스란히 내주었다.

"하도 울길래, 엄마를 잃어버렸나 봐."

엄마가 여전히 고개를 숙인 채 말했다.

"고양이가 딱해? 엄마 딸은 안 딱하고? 대체 어딜 갔었어?"

"옛날에 살던 데 다녀오셨대."

엄마에게 물었는데 경미가 대답했다.

"거긴 왜 가? 엄마 치매야? 왜 옛날 동네를 찾아 헤매? 전화는 또 왜 안 받아?"

"오늘 거기서 모임 있으셨대. 그리고 엄마 전화기 내가 가지고 있었나 봐."

경미가 품에 끼고 있던 엄마 가방을 들어 보이며 어깨를 으쓱했다.

"넌, 엄마랑 나갈 거면 나한테 말을 했어야지."

"나 엄마랑 지하철에서 만났는데? 밖에서 엄마 만나니까 엄청 반갑더라. 너 근데 왜 화를 내?"

고양이만 지켜보던 엄마가 내 손가락을 톡톡 쳤다. 손에 힘이 저절로 풀렸다. 팔도, 다리도, 목소리에도 힘이 풀렸다.

"저녁 먹었지?"

어느새 일어선 엄마가 내 손에 깍지를 끼며 말했다.

"모임은 무슨 모임? 그리고 내가 저녁을 어떻게 먹어? 엄마가 집에 없는데!"

"방콕 모임. 아니 근데 왜 여태 저녁을 안 먹었어? 밥 다 해놓고 나왔는데. 네가 애야? 엄마 없다고 혼자 밥도 못 먹게?"

엄마는 아무 일 없었다는 듯 경미 손에도 깍지를 끼었다.

"엄마, 방콕엔 언제 가셨어요? 그래서 우리 엄마가 태국 음식을 맛있게 잘 드셨구나."

경미는 다정하게 물었고 엄마는 담담하게 답했다.

"나 방콕 안 가봤어. 방에 콕 처박혔던 적은 있었지만."

숨이 턱 막혔다. 우리 집에 온 후 엄마는 내내 좁은 방 안에서 지내야 했다. 아니, 동생네에서도 다르지 않았을 것이다. 아들 부부와 함께 사는 것도, 딸과 함께 지내는 것도 엄마에게는 답답하고 편치 않았을 것이다.

"그래서 가출했어? 방 안에만 있는 게 싫어서 나한테 말도 안 하고 나갔어?"

"가출이라니? 모임 갔다 오셨다잖아. 그리고 엄마가 네 허락받고 다니실 나이야? 엄마는 밖에 나가면 안 돼?"

내게 목소리를 높이던 경미가 엄마에게는 다정하게 물었다.

"엄마, 방콕에 안 가보셨다면서, 그럼 방콕 모임은 뭐예요?"

함께 저녁을 먹던 시간이 경미와 엄마를 진짜 식구로 만든 모양이었다.

"가출 아니면 외출이야? 밥은 왜 잔뜩 해놨는데?"

"그러니까 밥에, 국에, 반찬에 잔뜩 해놓고 나왔는데 넌 왜 여태 밥도 안 먹었냐고?"

밥 타령이 시작된 걸 보니 엄마가 돌아온 게 맞다. 하지만 나는 여전히 엄마가 왜 나갔는지, 밥은 또 왜 한가득 해놓았는지 알지 못했다. 내 속은 터질 것만 같은데 엄마는 걸음에 맞춰 양손을 앞뒤로 흔들었다. 멀리서 보면 다정하게 손 맞잡고 산책하는 것처럼 보였을 것이다.

방콕 모임은 몇 년 전 거제도를 함께 여행했던 엄마 친구들의 모임이었다. 어느 해인가 엄마는 동네 친구들이랑 2박3일 여행을 간다고 했다. 제주도도 아니고, 강원도도 아니고, 거제도에 간다고 했는데 그때 하필 가을장마가 들어 내내 비가 왔다. 그래도 엄마는 편하고 재미있게 잘 다녀왔다고 했다. 그동안 내가 알고 있었던 건 거기까지였다.

"니들 다 취직하고 결혼하고, 집집마다 엄마들이 매 끼니를 할 필요가 없잖아. 이집 저집 돌아가면서 밥을 해 먹다가 우리도 좀 사 먹자, 싶었지. 동네에서 뻔한 거 사 먹기는 아까우니까 여행을 가기로 한 거야. 첫날은 신이 났지. 부일전기가 운전을 잘해. 트럭 몰던 사람이라 좀 거칠어. 막 끼어들고 밟다가 딱지도 끊었어. 그게, 휴게소에서 돈 쓰지 말자고 과일에 떡에 잔뜩 싸갔는데 그걸 차 안에서 계속 먹기만 하니까 오줌소태가 날 뻔한 거야. 엄마들은 그래. 화장실에 자꾸 가고 싶어. 그래서 휴게소에 얼른 가려고 막 밟다가 그런 거지. 우리만 급했나 뭐, 부일전기가 제일 급했지."

밥을 사 먹으려고 여행을 가기로 했다면서 과일에 떡까지 잔뜩 싸 들고 갔단다.

"그래도 휴게소에 들어갔는데 볼일만 보고 나오기는 아

쉽잖아. 감자도 사 먹고 커피도 마시고 그랬어. 거제도에 가서는 신선대에 먼저 갔어. 니네들 거기 안 가봤지? 참 멋있는데. 바위 비탈 위에 소나무가 딱 한그루 있어. 층층이 쌓인 저 바위는 주름진 내 몸뚱아리요, 바닷바람 맞으며 독야청청 선 저 소나무가 우리네 인생이라고 설성농장이 그랬나, 710호가 그랬나. 근데 사실 엄마 친구들은 아직 주름지고 그런 사람은 없어. 또 누가 비틀어지고 굽은 가지가 애들 키우느라 등 굽은 우리랑 비슷하다 그러니까 옆에서 펄쩍 뛰면서 꼿꼿하기만 하다 그러고, 그러면 또 5번 요추에 시멘트 넣어서 허리를 폈다는 둥, 아무튼 엄마들은 소나무 하나 보고도 할 얘기가 천지야. 그 아래로 내려가면 몽돌 해수욕장도 있어. 까만 돌멩이가 동글동글하고 만질만질한 게 하도 예뻐서 주머니랑 배낭에 한줌씩들 넣었지. 예뻐 봤자 돌멩인데 그걸 왜들 쑤셔 넣었나 몰라. 무겁다고 도로 다 꺼내놓을걸. 그래도 그걸 가져가느니 마느니, 화분에 올려야지 베란다에 깔아야지 그러는 게 재미였지 뭐. 저녁엔 횟집 가서 매운탕에 소맥 한잔하고, 모텔 들어가서 고스톱 치다 잠들었는데 새벽부터 비가 오지 뭐야."

"모오텔? 엄마들 모텔에서 잤어요? 복도는 벌겋고 침대도 불그족족한 데서?"

나도 몰랐다. 펜션도 아니고, 엄마가 친구들과 여행 가서 모텔에서 잔 줄은 몰랐다.

"그런 데는 침대고 뭐고 아무것도 없는 방이 있어. 이불 죽 깔면 다섯이 자고도 남아. 잠만 잘 거니까 그거면 충분하다고 김계춘이가 우겼는데 설성농장이 얼마나 타박했게. 요 깔고 나니까 걸어 다닐 틈도 없어서 누워있는 사람 타넘어 다녔거든. 나도 좀 그렇더라. 펜션도 뭐 얼마 안 비싸던데. 그런 데는 가스도 있고. 암튼 710호가 가져온 누룽지에 뜨거운 물 말아서 아침으로 먹고 나갈 준비 다 했는데 당최 비가 그쳐야 말이지. 바람의 언덕엘 가야 하는데, 방 구석에 콕 처박혀서 얼마나 약이 올랐게. 바람의 언덕에 가서 쓰자고 다들 스카프도 챙겨갔는데. 스카프를 막 휘날리면서 풍차 앞에서 사진 찍기로 했거든. 그런데 풍차가 다 뭐야, 모텔 밖으로 한발짝도 못 나가겠는데. 섬이라 그런가, 비바람이 대단하더라고. 하도 엄청나게 몰아치니까 모텔서도 나가지 말라고 말리더라. 그래서 거기서 파는 컵라면으로 점심 때우고 방 안에서 종일 비 그치기만 기다렸지. 뭘 하긴. 고스톱 치다 낮잠 자다 떠들다 거기 사장한테 부르스타 빌려서 김치랑 치즈랑 구워서 술 한잔하다 보니 하루가 다 갔지. 저녁에 비가 그치긴 했는데 부일전기가 취해서 운전을 못 한다잖아. 결국 온종일 모텔 방 안에 콕. 그래서 방콕 모임이야."

부일전기가 누구인지, 710호가 어디에 사는지, 설성농장이 뭐 하는 분인지 모르지는 않았다. 어려서부터 심부름하러 다니던 동네 가게였고, 이웃집이었고, 엄마가 김치 사이에 끼워 보내는 치즈와 요구르트를 만드는 곳이라는 것쯤은 알고 있었다.

다만 사는 곳과 하는 일과 얼굴로 기억할 뿐, 그분들과 엄마가 서로 음식과 농담과 걱정을 나누고 짜증을 덜어주며 살고 있었다는 건 몰랐다. 꼰대 같은 상사와 무기력한 후배와 헤어진 남자친구를 안주 삼아 먹고 떠들던 내 친구들과 엄마의 친구들이 다르지 않다는 것을.

"방 안에 콕! 엄마, 좀 슬퍼요."

"그래서 엄마들 안 슬프게 살라고 방콕 모임 만든 거야. 거제도에서 실컷 방콕 했으니까 나이 들어도 골병들어서 밖에 나가지도 못하는 방콕 노인네로 늙지는 말자고. 최소한 한달에 한번은 만나서 밥도 사 먹고 놀러도 가자, 그러는 게 방콕 모임이야. 빠지는 사람한테 벌금 왕창 걷어서 또 놀러 가기로 했었어."

"우리 엄마들, 낭만도 있고 재치도 있으시다. 그래도 풍차 앞에서 스카프 쓰고 사진 못 찍은 건 너무 아쉽다."

"다음 날 가긴 했어. 근데 집에 오는 날이잖아. 거제도가 좀 머니? 얼른 출발해야 하는데, 무슨 바람의 언덕에 바람보다 사람이 더 많더라. 스카프는 어디 뒀는지도 모르겠고, 풍차도 별로였어. 가짜 같고."

나는 엄마와 경미처럼 이야기해본 적이 없었다.

"근데 부일전기고, 설성농장이고, 710혼데 왜 김계춘 아줌마만 이름 불러? 그럼 엄마는 뭐라고 불러?

"넌 엄마 이름도 몰라? 부일전기랑 설성농장이랑 710호는 너희 어릴 때부터 알고 지냈잖아. 고만고만한 애들 키우니까 애 이름으로 부르고 한동네 사니까 가게 이름 부르고 그런 거지. 그맘땐 다 그랬어. 엄마들도 동창이나 나이 들어 사귄 친구들끼리는 이름 불러. 너도 친구들이나 빡찌라고 하지, 회사에서는 박지현 차장님이잖아."

엄마에게도 서로 이름을 부르며 외롭고 서럽게 늙지 말자고, 지금 인생을 즐기자고 다짐하는 친구들이 있었다. 그런데도 방콕 모임이 오래가지는 못했다. 누구 아들이 아이를 낳고, 누구 딸이 결혼해서 외국으로 가면 엄마들은 자식들에게 가야 했다. 아들딸에 손자까지 거두느라 바빠질수록 다섯명이 함께 모이는 것이 어려워졌다. 엄마 역시 동생네 드나드느라 모임에 나가는 것이 뜸해졌고 조카를 돌보면서부터는 거의 나가지 못했다. 팔을 다친 후에는 나갈 수 없는 이유가 생겨서 차라리 속이 편했다고 했다.

엄마는 집을 나간 것도 사라진 것도 아니었다. 내가 몰랐던 엄마의 일상으로 돌아간 것뿐이었다.

"그럼 밥은? 왜 그렇게 잔뜩 해놨어?"

"매일 먹는 밥이라고 매일 해야 하니? 내일도 일찍 나가야 하는데, 밥하고 치우고 하려면 바쁘잖아. 그래서 미리 많이 했어. 나 내일은 프랑스 자수 배우러 갈 거야. 내가 옛날부터 그걸 해보고 싶었는데, 시간도 없었고 어딜 가야 배울 수 있는지도 몰랐거든. 우리 동네에는 그런 게 없었잖아. 요새는 다들 유튜브 보고 배운다길래 나도 찾아봤는데 혼자서는 못 하겠더라고. 근데 거기 나오는 공방이 여기 있더라. 내일은 거기 갈 거야. 10시까지 가려면 나도 바뻐."

엄마한테 미안하다고 해야 했다. 엄마가 해주는 밥을 먹기만 해서, 엄마에게 살림을 다 맡겨서, 엄마를 낯선 동네로 데리고 와서, 엄마에게도 이름으로 불리는 순간이 있다는 걸 몰라서, 그리고 그럴 때 엄마는 어떤 사람인지 물어본 적이 없어서 미안하다고 해야 했다. 마음으로는 그랬다.

"엄마는 밥을 많이 했으면 바로 얼려야지. 그거 밥솥에 오래 두면 냄새나고 전기세도 엄청 나와."

"넌 엄마가 밥을 많이 해줘도 불만이야? 엄마가 배 아파 낳은 딸이 이렇게 배은망덕해요. 엄마, 인제부터 얘 밥해주지 마세요."

이번에도 경미가 구원투수였다.

"그래? 엄마가 너한테 살림을 다 배우네. 나는 너 찬밥 먹을까 봐 밥솥 꽂아놓고 나왔지."

밥이 대수였다. 이제야 엄마가 이야기를 시작했는데, 밥이 주제가 되면 정작 할 말이 부족한 건 나인데. 그 순간 집에 도착한 것이 다행이었다.

"너 이제 일찍 안 와도 돼. 경미 너도 나랑 밥 먹겠다고 굳이 여기까지 안 와도 돼. 엄마 다 나았잖아. 너희 퇴근하면 원래 하던 거 다 해. 다시 수영도 다니고, 밖에서 술도 마시고, 괜찮은 놈 있으면 데이트도 해. 같이 살아도 너는 너대로, 나는 나대로 살아야지 괜히 배려한다고 서로 눈치 보다가는 속 터져서 안 돼. 네가 나랑 떨어져 산 세월이 얼만데 이제 와 같이 사는 게 쉽겠니?"

엄마가 다시 낯설어지려 했다.

"밥 먹어. 늦었어도 먹고 자. 경미야, 너도 먹고 가. 밥 싫으면 이거 먹을래? 설성농장이 또 주더라. 이제 우리한테 제일 무서운 건 애들도 아니고 남편도 아니고 골다공증이라고, 이런 거 챙겨 먹어야 한대. 이번에 얻어먹었으니까 담엔 팔아줘야지."

엄마는 가방에서 치즈와 요구르트를 꺼냈다. 경미가 나를 밀치며 나섰다.

"엄마, 우리랑도 방콕 모임 해요. 우리는 진짜 방콕에 가요. 오늘은 엄마랑 지하철을 타봤으니까 다음엔 비행기를 타고 방콕에 갑시다."

그 너스레가 고마웠다.

"그럴까? 방콕은 엄청 덥다며? 거기서 마시는 땡모반은 더 달겠다. 너희들이 여름내 엄마한테 수박 갈아줬으니까 거기 가서는 엄마가 사줄게."

나는 여전히 엄마에게 미안하다는 말도, 고맙다는 말도

하지 못했다. 그래도 엄마랑 계속 같이 살고는 싶었다.

"방콕도 가고, 이사도 가요. 방 두개인 데로. 엄마는 어느 동네가 좋아?"

엄마가 살고 싶은 곳은 어디인지 물어본 것은 처음이었다.

작가의 말

이명제

활자 너머의 사람들이 궁금할 때가 있다. 기사를 읽을 때 주로 그렇다. 사건과 사실 중심으로 전달된 기사 뒤에 남은, 분명히 존재하지만 보이지도 않고 전달되지도 않는 이야기 같은 것.

2019년 여름에는 돌봄 전담자에 대한 기획기사를 읽었다. 아픈 가족을 돌보는, 혹은 돌보아야 했던 이의 일상과 돌봄 이후의 처지까지 여러명을 인터뷰한 기사로 왜, 무엇이, 어떻게 힘든지 구체적으로 전하고 있었다. 돌봄 전담자는 주로 비혼 자녀였으며, 딸이었다. 놀랍지는 않았다. 가족돌봄 휴가를 썼던 회사 언니는 사직서도 썼고, 엄친딸의 결혼 안 한 시누이도 아픈 엄마와 함께 산다고 했으니까.

문득 궁금했다. 그들에게, 같이 살아서 좋았던 것들에 대해 말할 기회도 있었을까? 힘들지 않냐고 물으면서도 그래도 네가 있어 다행이야,라며 의무와 부담만 준 것은 아닐까?

그들에게 함께 지내서 좋았던 순간을 만들어주고 싶었다. 현실에서는 어쩌지 못하더라도 소설에서는 할 수 있으니까. 그러자면 도와주는 이들이 있어야 했다. 그래서 내 엄마와 내 친구들을 소환하고 이름까지 빌려왔다.

어쩌다 가족이나 친구들과 며칠 같이 지내게 되면 별것 아닌 일에도 많이 웃는다. 그런데 번거로운 것도 많아진다. 사소하게 신경써야 하는 것들이 꽤 있는데, 아침 화장실 순서와 사용 시간처럼 내놓고 정하기 애매한 문제들 때문이다. 그래도 나는 언제부터인가 함께 지내는 건 행복한 일이라고 생각하게 됐다. 친구들과 정기적으로 모여 밥을 먹으면서부터였다. 함께 모일 핑계를 만들어 주고 주방까지 내어준 나이든 친구 덕분에 우리는 자주 모여 함께 밥을 해 먹었다. 그 무렵부터 나는 여기저기 밥 먹으러 잘 다녔다. 누가 밥해준다고 하면 마다치 않고 달려갔고, 푸짐하게 먹기 좋아하는 친구들과 자주 만났다.

이 소설을 쓰면서 제법 행복했다. 혼자 키득대기도 했다. 나 혼자 판타지를 써놓고 즐거워하는 걸까 봐 기사 속 사람들에게 미안하기도 했다.
안 보이고 안 들리는 곳에서 벌어지는 많은 일 속에서 사람들이 행복하면 좋겠다. 그런 순간을 찾아내 오래 기억하면 좋겠다.

한 사진관

라여락

나이를 먹을수록 언니들이야말
로 든든한 배후라는 걸 배웠다.
나 역시 누군가의 배후가 될 수
있는 사람이고 싶다는 작은 소망
을 가지고 살아내고 있다. 콘텐
츠를 통한 연대의 힘을 믿는다.
고려대에서 스페인어를, 경희대
대학원에서 한국어교육을 전공
했으며, 한국문학번역원에서 한
국문학을 해외에 소개하는 일을
했다. 지금은 어린이 책을 기획
하고 제작한다. 2019년 《엄마
나무를 찾아요》를 출간했다.

28번 버스를 타고 영인시청 앞을 지나다 보면 언니네 사진관 간판을 볼 수 있다. 모서리가 네모진, 주로 고딕체 글자의 간판들 사이에서 유독 궁서체로 만든 《한 사진관》의 간판을 보면 절로 고개가 갸웃거려졌는데, 그건 글자가 왼쪽 아래로 많이 기울어서이다. 다닥다닥 붙은 간판들 때문에 사진관의 간판을 기울게 설치할 수는 없었나 보다. 좁고 반듯한 사각형 안에서 글자들이 최대한 대각선으로 기운 것을 보다 보면, 고개도 따라 기울었다.

언니, 왜 간판 글자를 저렇게 붙였대? 쳐다보고 있으면 자꾸만 목이 이렇게, 이렇게 기울잖아. 그러면 언니는 눈이 작아지도록 환하게 웃으면서, 그러라고, 목을 그렇게, 그렇게 기울이라고 그렇게 붙인 거야, 라고 말했다.

횡단보도를 지키는 신호등 초록불이 서른아홉번쯤 깜빡깜빡했다. 이 신호등의 초록불은 유독 다른 곳보다 길다. 시간을 재어가며 비교해본 적은 없지만 나만 느끼는 건 아닌 것 같다. 좀 전에 버스가 이 신호등 앞에 멈췄을 때, 분명 버스 안 누군가가 아이씨, 또 걸렸네, 라고 중얼거리는 것을 들었거든.

언니, 저 신호등 있잖아, 저건 왜 그렇게 초록불이 길어? 사람 속 터지게. 그럼 언니는 또 작아진 눈으로 웃으며 말했다. 그것도 매일 보면 괜찮아. 한숨 고르고 딴생각하다 보면 금세 빨간불이야.

언니의 부탁으로 영인시까지 왔다갔다한 지 일주일이 지났다. 사진관을 잠깐잠깐 비울 일이 있는데 그때마다 계속 닫아둘 순 없으니 그냥 자리만 좀 지켜달라 했다. 교통비며 식대며 시급까지 넉넉하게 쳐주겠다는 말에, 말이 좋아 프리랜서지 누가 백수라고 해도 할 말이 없는 나는 노트북 한대 짊어지고 신나게 출퇴근을 했다.

도착 5분쯤 전에 톡이 왔다. 먼저 나가볼게, 두시간쯤 후에 올 테니 점심 같이 먹자. 언니는 내가 10시쯤 도착을 하면 출발해서 두어시간쯤 있다가 오곤 했다. 응,이라고 회신한 후 사진관에 도착했다. 카운터 옆에 작은 책상을 하나 놓고 내 작업을 했다. 사진관에 나오기로 하자마자 외주 계약 하나가 들어왔다. 일은 꼭 몰려서 한꺼번에 들어오곤 했다. 언니네 사진관에서 페이도 받고 밥도 얻어먹고 본업도 할 수 있으니 꿀 같은 기회였다. 이번에 외주비도 들어오고 언니한테 용돈도 받으면 기필코 좀 더 가벼운 노트북으로 바꾸리라.

노트북 전원을 연결하느라 숙였던 허리를 펴자 카운터 책상 안쪽에 벽 쪽으로 돌려 세워진 작은 액자 하나가 보였다. 내 쪽으로 돌려놓고 보니 어디서 많이 본 얼굴이 액자 안에 있다. 조카 영민이가 그새 이렇게 컸구나, 하고 5초쯤 놀란 후 나는 다시 작업을 위한 세팅에 집중했다.

3년 전 이혼 후 영인시로 훌쩍 떠난 언니는 가족들과 왕

래가 거의 없었다. 가족이라고 해 봐야 엄마와 나 정도였지만. 나는 한창 회사를 그만두네 마네 하며 정신이 없었던 시기였고, 엄마는 아빠가 남겨놓은 빚을 수습하러 다니느라 바빴다.

애 아빠가 멀쩡하게 돈 벌어오면 그걸로 된 거야, 무슨 이혼이야. 나를 봐, 너희 아빠는 속만 썩이고 돈 한푼을 제대로 안 벌다가 결국 이렇게 보증 빚만 잔뜩 남겨놓고 도망가 버렸잖아. 엄마는 언니에게 어떤 놈을 만나도 다 그놈이 그놈이라며, 아이를 생각해서라도 이혼할 생각은 하지 말라고 했다.

눈의 초점 따위는 눈물에 씻어내기라도 했는지, 멍한 눈으로 언니는 중얼거렸다. 엄마, 나는 평생 혼자 다 해 와서 충분히 할 수 있잖아. 엄마 아빠가 날 그렇게 키웠잖아. 그 웅얼거리는 소리를 기어코 들었던 엄마는 울면서 언니의 등짝을 때렸다. 그래, 해라, 해. 그렇게 잘났으니 너 하고 싶은 대로 해, 이 사사건건 삐뚤어진 것아.

나와 열다섯살이나 차이 나는 언니는 조용하고 조심스러운 사람이었다. 아빠가 저지르는 사고들을 엄마와 함께 수습했던 언니는 늦둥이인 나와는 다른 삶을 살았다. 밤낮으로 일을 해야 했던 엄마 대신 언니는 나를 가장 오랜 시간 돌보는 사람이었다. 어린 몸으로 육아와 공부와 일을 해내며 자란 언니는 대학을 졸업하기도 전에 집에서 도망치듯 결혼을 했다.

결국 아이 아빠와 시끄러운 소송 끝에 헤어진 언니는 당시 고등학생이던 영민이를 데리고 연고도 없는 영인시로 이사를 가 버렸다. 양육비 따위 제대로 줄 리 없어 보이는 그 남자와 헤어지고 혼자 아이를 키우며 생업을 이어가기가 버거웠을 것도 같은데, 언니는 아무에게도 도와달라는 말 한마디 한 적이 없었다.

그러던 언니가 평생 처음으로 내게, 도와달라는 연락을 해 온 것이 2주 전이었다.

언니, 영민이는? 잘 지내? 다짜고짜 자신을 좀 도와달라며 전화를 걸어온 언니의 숨이 가빴다. 그런 언니에게 조카의 안부를 물었다. 영민이는 얼마 전에 입대했다고 했다. 중요한 일인데 기별이라도 하지 그랬어, 하는 내게 언니는 괜찮아, 나중에 제대하고 이야기해도 늦지 않을 것 같아서 그랬어, 했다.

아들의 입대 따위 지금 중요한 문제가 아니라는 듯 언니의 목소리에서 묻어난 피로가 손으로 만져질 것만 같았다. 응, 언니, 다음 주부터 그쪽으로 출근할게, 하고 말았다.

딸랑딸랑, 문에 달린 작은 종이 흔들렸다.

부스스하고 긴 노란 머리카락의, 안색이 초췌한 여자가 들어왔다. 마스크 위로 보이는 두 눈이 때꾼한 것이, 프로필 사진을 찍을 거라면 보정을 많이 해야겠구나, 싶은 생각이 든다.

"저기, 사장님 안 계신가요?"

"안녕하세요? 혹시 예약하고 오셨나요? 사장님이 잠시 자리를 비우셔서 12시 넘어서 촬영이 가능해요."

"예약을 따로 한 건 아니고…… 기회가 되면 들르라고 하셔서요."

여자는 쭈뼛쭈뼛하며 언니의 명함을 내민다.

잠시만요, 하고 나는 언니에게 전화를 걸었다. 한참 신호가 가는데도 언니는 전화를 받지 않았다.

"사장님이 전화를 안 받으셔서 아무래도 지금은 만나기 어려울 것 같은데, 12시 이후에 다시 오시겠어요?"

"아니요…… 혹시 여기서 기다려도 괜찮을까요?"

"아, 네. 그럼 이쪽에 앉아 계세요. 책꽂이 보시면 읽을 거리도 좀 있어요. 마실 걸 좀 드릴까요?"

"아니요. 괜찮아요. 고맙습니다."

급하게 사진이 필요해 사진관에 온 손님들은 언니가 없으면 바로 자리를 떴다. 사진이나 앨범을 찾으러 온 손님에게는 내가 전달하면 그만이었다. 사진관은 대체로 조용했고, 해가 잘 드는 창가의 풍경을 바라보며 느긋하게 일할 수 있어서 좋았는데 오늘은 불청객이 하나 온 셈이었다.

그래도 언니의 손님인데 아무것도 대접하지 않자니 마음이 영 불편했다. 머그잔에 녹차 티백을 하나 우려 얼음을 넣고 여자에게 다가갔다. 여럿이 있어도 스마트폰을 수시로 쳐다보며 대화하는 시대에, 여자는 창가 테이블 앞에 앉아 바깥만 하염없이 바라보고 있었다. 나는 일부러 기척을 내면서 다가가 컵을 내려놓았다. 더우실 것 같아서요, 녹차예요. 여자는 눈도 마주치지 않은 채 조용히 고맙습니다, 하고 목례를 하고는 다시 창밖으로 시선을 돌렸다.

평화로운 내 작업장에 적막이 깔리는 기분이 들었다. 답답하다.

　'언니, 어디야? 가게에 언니 찾는 손님이 와 있는데, 언니 올 때까지 기다릴 건가 봐. 보면 전화 좀 해.'

　어디에서 뭘 하는 건지 언니는 답이 없었다. 그러고 보니 언니가 자리를 비우고 어디를 가는지 물어본 적이 없다. 딱히 궁금하지도 않았다. 벌써 일주일을 나왔으면서 그런 것도 물어보지 않은 나도 참 나다. 그저 언니가 주는 용돈 좀 벌어보겠다고 헤헤거리며 와서는 칠렐레팔렐레 신나게 내 일만 하고 있었으니.

　부르르륵, 부르르륵. 창가 테이블 위에 놓인 여자의 휴대폰이 야무진 진동으로 울려댔다. 흠칫 놀라는 몸짓이 제법 거리가 먼 카운터 자리에서도 보였다. 뭘 저렇게 깜짝 놀란대. 좀 재미있기도 하고 한편으로는 걱정이 되기도 해서 흘끔흘끔 살폈다. 여자는 테이블 위에서 혼자 부르르 떨고 있는 휴대폰이 마치 자신을 한대 치기라도 할 것처럼 경계하며 거리를 두었다. 한참 울리던 진동이 멈추고 나서야 여자는 안도하는 듯 보였다.

내가 저기 집중하고 있을 때가 아니지. 그런데 이놈의 노트북이 아직도 제대로 켜지지 않고 있었다. 뭐야, 왜 이래. 사진관에 손님이 있으니 소리 내어 짜증도 내지 못하고 전원을 살펴보러 카운터 책상 아래로 머리를 들이밀었다. 흠, 전원도 문제가 없는데, 아무래도 이놈의 노트북이 갈 때가 되긴 했나 보다. 돈돈돈, 돈을 달라고 보채더니 오늘 가버리신 모양이다.

당장 메일을 확인해야 작업 상황을 확인하고 진행할 수 있는데 아무래도 안 되겠다. 카운터 책상에 있는 언니의 컴퓨터에서 메일을 열고 외주 업무의 상황을 체크했다. 급한 것들을 처리하고 나니 바탕화면 한쪽에 있는 폴더의 이름이 눈에 들어왔다. 〈증거 사본〉.

응? 다른 사람의 프라이버시는 당연히 존중해야 하고 언니의 컴퓨터를 쓰고 있으면서 이것저것 열어보는 것은 당연히 나쁜 것이지만, 폴더명이 너무 심각했다. 나는 창가의 여자를 흘끔 살피고는 폴더를 열었다. 이게 도대체 다 뭐래.

폴더 안에는 웬 사진과 동영상들이 유명한 파일 공유 사이트 이름에 날짜와 번호를 붙인 제목으로 들어가 있었다.

언니가 도대체 뭘 모은 건가. 온통 벗은 여성들의 사진도 이상했지만 영상을 열었다가 너무 놀라 화들짝 창을 닫았다. 폴더에는 언니가 촬영한 것으로는 전혀 보이지 않는 사진들과, 합의 하에 찍은 것으로는 전혀 느껴지지 않는 영상들이 들어있었다.

언니 뭐야……? 혹시 이런 범죄적인 게 취향인가? 혼란스러워진 나는 다른 영상을 열었다가 터져나오려는 비명을 겨우 눌렀다. 영상 속에 등장하는 여성의 얼굴은 분명 내가 아는 얼굴이었다.

아악! 분명 창가에 앉았던 여자가 카운터 앞까지 와 있어서 나는 짧은 비명을 질러버렸다.

"놀라게 해드려서 죄송해요. 여기, 근처에 편의점이 있나요?"

나는 당황한 낯빛을 겨우겨우 감추고 편의점 위치를 알려주었다. 잘 감추기나 했는지 모르겠다. 모니터 속 영상에 나타난 얼굴도, 내 얼굴도. 내가 본 영상 속 얼굴은 분명 내가 아는 얼굴이었다. 그것도 지금 마주하고 있는.

단지 영상 속의 여자는 지금 이 초췌하고 때꾼한 눈을 가진 여자가 아니었다. 카메라의 존재 따위 모른 채 그저 사랑하는 사람을 보며 행복해하고 있는, 생기와 사랑이 가득한 얼굴이었다.

딸랑딸랑. 문에 달린 종이 다시 울리고 여자가 다녀오겠다는 말을 남기고 나갔다. 나는 의자에 털썩 앉아 쿵쾅대는 가슴을 진정시키려 애썼다. 도대체 뭐지, 이 〈증거 사본〉은.

전화벨이 울렸다. 네, 한 사진관입니다. 수화기 너머에서는 얼핏 인기척이 느껴졌지만 말은 없었다. 뭐야, 변탠가. 나는 가뜩이나 어지러운 심사가 뒤틀려 짜증을 내며 전화를 끊었다. 그때 언니가 헐레벌떡 뛰어들어왔다.

"누가 왔었어? 어떻게 생긴 사람이었어?"

"어디 갔었어? 여러 번 전화했고만. 어떤 여자분인데, 머리카락이 길고, 노랗게 염색했고. 그리고."

언니 컴퓨터의 영상 속에 있던 사람,이라고 이야기를 할까 하다 입을 다물었다.

"그리고?"

"안색이 별로 안 좋더라고. 언니 기다리다가 편의점 간다고 잠시 나갔어."

"편의점? 나 다시 나갔다 올 테니까 밥은 먼저 먹어. 미안."

언니는 그렇게 나가서 오후 내내 들어오지 않았다. 그 여자와 만난 건지, 그 여자도 다시 나타나지 않았다. 언니에게 물어보고 싶은 것들을 어떻게 정리해야 할지도 사실 막막했다. 나 먼저 퇴근할게, 내일 봐,라는 톡만 보내고 말았다.

다음 날, 거의 다 도착한 내게 언니는 오후 3시경에 오겠다며 식사는 미안하지만 혼자 챙겨 하라는 메시지를 보내 왔다. 신호등이 열일곱번쯤 깜빡대는 중이었다. 사진관에서 나온 언니는 신호등 건너편에 선 나를 보지 못하고 허둥지둥 어디론가 향했다. 나는 언니의 뒤를 조심스럽게 따라 걸었다.

선진병원. 병원 입구에서 잠시 언니를 놓쳤다가, 재활병동 쪽으로 향하는 뒷모습을 발견했다. 부리나케 쫓아갔지만 코너를 돌면서 언니를 다시 놓쳤다. 언니가 왜 여기에 와 있을까. 누가 입원해 있는 건가? 함부로 문을 여기저기 열어볼 수도 없어서 천천히 복도를 한 바퀴 돌았다. 길게 이어진 복도를 따라 걷다가 나는 재활치료실 앞에 멈춰 섰다.

언니가 환자복을 입은 여자 옆에서 치료를 돕고 있었다. 재활치료사의 가이드에 따라 힘겹게 걸음을 옮기던 환자는 균형을 잡지 못하고 고꾸라졌다. 일으켜주려는 치료사를 밀어내며 우는 환자를 언니가 안아 올렸다.

작고 긴 창 너머로 그 모습을 보던 나는 혹시 눈이라도 마주칠까 싶어 몸을 돌려 나왔다. 병원 밖으로 나와 출입구가 보이는 벤치에 앉았다. 누구였을까. 어린 아가씨니 언니 친구일 리는 없고. 고통스러워하던 환자의 얼굴 뒤로 보인 언니의 해쓱한 얼굴도 고통스러워 보였던 건 내 착각일까.

40분쯤 지나 언니가 나오는 것이 보였다. 나는 다시 뒤를 밟았다. 내가 무얼 하고 있는 건지 나도 잘 알 수는 없었지만, 어제 본 〈증거 사본〉의 영상들은 분명 소지하고 있는 것만으로도 나쁘고 위험해 보였다. 자초지종을 알아야 나도 뭔가를 도울 수 있을 것 같았다.

언니는 한참을 걸어 영인시 해바라기센터라고 쓰인 건물 앞에서 멈췄다. 언니는 누군가를 기다리고 있는 듯했다. 잠시 후 어제 사진관에 왔었던 노란 머리의 여자가 나타났다. 그리고 두 사람은 해바라기센터 안으로 들어갔다.

사진관으로 돌아온 나는 컴퓨터를 켜고 〈증거 사본〉의 내용을 다시 빠르게 훑었다. 어제는 경황이 없어 발견하지 못했지만, 폴더에는 전체 목록을 정리해 둔 엑셀 파일이 있었다. 피해자의 신체적 특징을 기준으로, 예를 들면 '노란 머리_어깨 위 나비 타투' 같이 이름 지어진 피해자의 영상이 몇개의 사이트에 공유되고 있는지, 삭제 요청을 언제 했으며 삭제 요청이 받아들여졌는지 등에 관한 내용이 정리되어 있었다. 언니가 왜 이런 내용을 정리하고 있는지 모르겠지만, 언니가 여자를 데리고 들어간 해바라기센터가 폭력으로부터 여성들을 보호하기 위해 있는 기관이라는 것 정도는 나도 알고 있었다. 적어도 언니가 위험한 일을 하는 건 아닌 것 같아서 약간은 마음이 놓였다.

딸랑딸랑. 문에 달린 종이 울리고 커플룩을 갖춰 입은 여자와 남자가 들어왔다.

"안녕하세요? 혹시 예약하고 오셨나요? 사장님이 잠시 자리를 비우셔서 3시 넘어서 촬영이 가능할 것 같아요."

"웨딩 촬영 때문에 상담을 좀 받으려고 왔는데, 스튜디오를 좀 둘러봐도 괜찮을까요?"

"편하게 둘러보세요. 테이블 위 책자에 촬영 패키지 내용과 가격도 있으니까 궁금하신 것은 바로 말씀해 주세요."

두 사람은 스튜디오 이곳저곳을 둘러보며 가끔 귓속말을 주고받았다. 요즘은 다 플래너 끼고 결혼하던데 스튜디오도 직접 알아보러 다니고, 부지런한 사람들이네. 좋은가 보다. 하지만 거 웬만하면 결혼은 하지 말고 연애들만 하고 살지. 울 엄마 아빠나 언니 사는 걸 보니 그거 별로 좋아 보이지 않던데. 딸랑딸랑. 또 종이 울리고 모자를 깊숙이 눌러 쓴 남자가 들어와서 카운터 앞에 섰다.

"안녕하세요? 혹시 예약하고 오셨나요? 사장님이 잠시 자리를 비우셔서 3시 넘어서 촬영이 가능할 것 같아요."

앵무새처럼 같은 말을 외는 내게 남자는 조용히 이모, 하고 입을 열었다. 깜짝 놀란 내가 이름을 부르려고 하자 영민이는 제 입술 위로 손가락을 갖다 댔다. 영민아, 너 뭐야? 너 군대 갔다며 왜 이 시간에 여기 있어? 머리도 안 깎았네? 군대 간 거 아니었어? 이게 다 무슨 일이야? 속삭이긴 했지만 쉬지 않고 질문을 쏟아놓는 내게 영민이는 난감한 표정으로 엄마는요? 하고 물었다. 야, 나도 모르겠어, 너희 엄마 힘들다고 도와달라고 해서 요즘 나오고 있는데 너희 엄마가……

　말은 더 이어지지 못했다.
　"경찰입니다, 이영민 씨를 성폭력범죄의 처벌 등에 관한 특례법 제14조와 관련, 불법 촬영 및 유포, 협박 등의 혐의로 체포합니다."
　웨딩 촬영을 위해 상담을 왔다던 여자였다.
　딸랑딸랑. 종이 울리고, 생각보다 빨리 돌아온 언니의 얼굴이 파래졌다. 그러고는 남자 경찰에 의해 순순히 수갑이 채워진 영민에게 달려가 손에 잡히는 대로 물건을 들어 때리기 시작했다.
　너 이 개새끼야, 악마 새끼야. 아니, 너를 내 배로 낳았으니 내가 개지, 내가 악마야. 도대체 왜 그랬어. 도대체 왜 그랬어!

반쯤 정신이 나간 언니를 경찰들이 뜯어말렸다. 영민이는 무릎을 꿇고 앉아 그저 묵묵히 있었다. 바닥에 털썩 주저앉은 언니가 울기 시작했다. 어머님, 이제 서로 연행해야 합니다, 협조 좀 부탁드립니다, 하며 마음 좋아 보이는 경찰관들이 언니를 달랬다.

　엄마, 엄마는 왜 그랬어? 엄마는 내 엄마잖아. 떨리는 목소리로 영민이 입을 뗐다. 엄마가 나를 신고하면 안 되는 거잖아.

　언니는 벌떡 일어나 아들의 머리채를 잡고 자신의 머리로 들이받았다. 죽어, 이 새끼야. 그냥 나랑 같이 죽어! 감옥에서라도 죗값 받고 정신 차리고 살라고 그랬다 왜! 너 낳고 이렇게 키운 죄를 내가 이렇게 해서도 다 갚질 못해!

　악을 쓰며 정신없이 아들을 들이받는 어미를 경찰들이 겨우 떼어냈다. 언니는 그 자리에서 실신했고, 경찰들이 급하게 요청한 구급차가 도착했다. 그렇게 영민이는 경찰서로, 나는 언니와 병원으로 왔다.

　언니, 이게 다 무슨 일이야.

　겨우 정신이 들어 눈을 뜬 언니의 손을 잡고 물었다. 언니는 누운 채로 울었다. 눈물 콧물이 흘러 온 구멍에 섞여 들어갈 것 같았다.

조용하고 신중하고 내게 다정하기만 했던, 나이 많고 엄마 같은 우리 언니가 서럽게 울고 있었다. 자초지종을 여전히 파악할 수 없었지만 나도 덩달아 서러워서 눈물이 뚝뚝 떨어졌다. 언니, 이제 그만 울고 이야기 좀 해 봐. 내가 어떻게 해주면 돼?

선진병원에 입원한 아가씨는 영민이의 여자친구였다고 했다. 가족은 없지만 씩씩하고 생활력도 좋은 착한 친구여서 언니도 내심 많이 예뻐했다. 언니의 카메라를 가져다가 영민이는 여자친구를 몰래 촬영했다. 그러고는 불법 촬영물들을 사고파는 인터넷 공간에 들어가기 위해 그걸 공유했다. 고객들의 사진을 보정하느라 카메라와 외장하드를 수시로 만지던 언니는 어느 날 자신의 웹 저장 공간에 자동으로 업로드된 그 영상들을 발견했다. 영민이는 카메라의 자동 업로드 기능까지는 생각하지 못한 모양이었다. 놀란 언니는 영민이의 방을 뒤져 외장하드에 담긴 많은 불법 촬영물을 찾아냈다. 아들이 한 짓이 아니길 바라며 일분 일

초도 빼놓지 않고 그 역겨운 영상들을 모두 보았다. 하지만 카메라를 세팅하고 테스트 촬영을 하는 아들의 얼굴을 보았을 때, 언니는 그저 머리를 찧고 죽고 싶었다고 했다.

언니는 그렇게 불법 촬영물들이 유통되는 여러 파일공유 사이트들을 찾아다녔다. 빼곡하게 메모를 해가며, 삭제해달라고 연락을 했다. 영민이의 여자친구가 자신의 영상이 돌고 있다는 것을 알기 전에 다 없애주고 싶었다. 아들의 죄를 어떻게든 지워내고 싶었다.

하지만 영상물은 자꾸만 복제되고 새끼에 새끼를 낳아 바이러스처럼 퍼져나갔다. 언니는 수많은 영상물 속에 묻혀서 그 애의 영상이 수면 아래로 사라지길 내심 바라기도 했다. 아무리 찾아내고 삭제를 요청해도 그때뿐, 영상들은 이름만 바꿔 다시 나타났다.

언니는 매일매일 잠도 제대로 자지 못하고 영상들을 보며, 그리고 사랑에 빠졌거나 약물에 취해 자신이 어떤 일을 당하는지도 모르는 그 해맑은 얼굴들을 보며 수없이 죽고 싶었다고 했다.

언니는 착잡한 마음으로 웹사이트들을 살피다 무심코

신호등을 바라보았다. 영민이와 헤어진 여자친구가 횡단보도 앞에 서 있었다. 익숙한 뒷모습을 보면서, 안타깝고 미안한 마음 때문에 말을 걸어보지도 못하고 그저 문가에 서서 바라봤다.

신호등의 초록불이 서른아홉번을 깜빡이는 동안에도 그 애는 움직이지 않았다. 깜빡깜빡대는 초록불과 그 뒷모습을 마냥 바라보느라 언니는 그 애가 초록불이 끝나도록 그냥 서 있었다는 걸 깨닫지 못했다. 그리고 차들이 다시 달리기 시작했을 때 그 애는 갑자기 달려나갔다. 온통 검붉은 자국이 아스팔트에 번졌다고 했다.

언니, 괜찮아? 아니, 괜찮을 리가 없지...... 내가 뭘 해주면 돼? 어떻게 해주면 돼? 말해 봐, 언니.

내가, 죽을 때까지 보살펴준다고 했어. 저 새끼 감방에 처넣고, 내가 그 죄 평생 갚으면서 살겠다고, 그러니 제발 죽지 말고 살아달라고, 내가, 저 새끼를 저리 키운 내가 죄인이니, 제발 평생 너를 돌보면서 살게 해달라고 빌었어.

언니가 왜 그렇게 해. 너무 안된 일이지만, 영민이가 저지른 일이야. 그걸 왜 언니가 평생 갖고 살아. 그냥 연 다 끊고 언니가 살아. 언니가 편하게 살아, 좀.

야, 이년아. 내가 너도 키웠어. 엄마가 아빠 싼 똥 치우느라 평생 저러고 사는 것도 불쌍한 일이지만, 그러느라 나한테서 어린 시절을 뺏어간 것도 엄마 잘못이지만, 엄마도 빚 갚느라 불쌍하게 살았어. 아직도 그 빚을 갚고 있잖아. 집에서 달아나 보겠다고 나쁜 새끼 만나서 결혼했지만, 그래도 정신 차리고 잘 달아났다고 생각했다? 번듯하게 내 새끼만 잘 키우고 살아보려고 했는데, 아등바등 살다 보니 내 새끼가 쓰레기가 된 줄도 몰랐어. 그거 다 내 빚이야. 내가 평생 갚아야 할 내 빚.

언니, 왜 그렇게 살아. 그렇게 살지 마.

아무도, 아무도 다른 사람의 죄에서 완전히 자유로운 사람은 없어. 나는 이제 젊은 너처럼 쿨하고 똑똑하게 살아가는 거 할 줄 몰라. 예전에도 못 했지만, 지금은 더 못 해. 살아간다는 게, 지은 죄만 이렇게 자꾸 쌓여서, 그 죗값 갚으면서 계속 살아내는 게 어딘가에는 보탬이 되기도 하는 거야. 그러니까 너무 불쌍하게 여기지 않아도 돼.

내가 뭘 해주면 돼, 언니? 어떻게 하면 도움이 될까?

그냥. 너는 그냥 잘살아. 너한테 소중한 사람들이 힘들 때 기댈 수 있는 든든한 사람으로 잘살아내. 지금처럼 네 힘으로 잘 꾸려나가면서 살면 돼. 그렇지 못한 날들에는 또 그렇게 쉬어가면서 살아내면 돼.

언니는 결국 신경쇠약과 과로로 입원했다. 나는 잠시 영인시에 머물며 언니를 돌보기로 했다. '개인 사정으로 일주일간 쉽니다.' 사진관 앞에 휴업 문구를 붙였다. 오전에는 영민이 전 여자친구의 재활치료를 도우러 갔다가 언니에게도 들렀다.

사진관 대청소를 하고, 햇살 잘 드는 창가 자리에 앉았다. 조금만 쉬었다가 외주 일을 마무리해야 한다. 프리랜서는 벌 수 있을 때 열심히 벌어야지. 참, 언니에게 물어봐야지.

'언니, 그런데 진짜 궁금해서 또 물어보는 건데, 이놈의 간판 글자는 왜 이렇게 기울어져 있는 거야?'

때릉. 톡이 왔다.

'그냥. 엄마가 종종 그러잖아. 사사건건 삐뚤어진 년이라고. 사사건건 삐뚤어진 년들이 말은 안 들어도 진득하게 제 갈 길은 가거든. 목이 기울도록 쳐다봐야 할 때도 있지만 글자는 똑바로 쓰여 있잖아.'

'뭐야 싱겁게…… 사사건건 삐뚤어진 언니 같으니라고.'

'좋잖아. 삐뚤어진 언니들이 있어서 안 삐뚤어진 애들이 사고 쳐도 욕을 덜 먹어.'

나는 어지간히 조용하고 신중하고 재미없는 언니를 갖고 있다. 소 같이 열심히 일이나 해야겠다.

작가의 말

정여랑

'죄책감의 연대'라는 주제로 오랫동안 우물거리며 담아둔 이야기들이 있었다. 세월호 사건 앞에서도, 강남역 살인 사건에서도, 웰컴투비디오와 N번방 범죄들과 그 판결 앞에서도, 직접적 피해자가 아닌 많은 사람들이 동시다발적으로 트라우마와 큰 무력감을 경험했다. 엄청나다는 말로 부족한 부당함이나 거대한 악 앞에서 무력하다 못해 살아 있는 것조차도 죄스러운 그 감정 역시 어떤 연대를 이룬다는 것을 이야기하고 싶었다. 세련된 말로 이루어진 학문의 형태가 아니어도, 효과적인 방식의 시스템과 운동에 의해서가 아니어도, 무거운 죄책감과 침묵이 큰 에너지로 우리를 연결하고, 느리더라도 세상을 바꾸어 나간다는 것을 믿는다. 정제된 말로 무리를 이끌어 나갈 수 있는 힘과 지식이 없어도, 많은 보통 사람들의 미련한 선함과 죄책감이 어떻게든 부당한 세상을 다음으로 나아가게 하는 힘으로 작동하고 있다는 이야기를 전하고 싶어 언니의 존재를 소환했다. 아등바등 살아내다 보니 자신도 모르게 악의 생산에 기여하게 된 사람으로서 느끼는 엄청난 자책에 머무르지 않고 그다음의 세상을 위해 무거운 걸음을 걸어내는 우리 언니들의 이야기를 소설로 은유해내고 싶었는데, 잘 되었는지 모르겠다. 이거 문학 아니라고 우리 왕 대빵 언니에게 또 혼이 날까 겁을 내며 글을 마무리한다.

안부를 물어요

윤화선

소설을 쓰는 사람으로 살아가겠다 생각했지만 신규서비스를 위한 크리에이티브와 기획서를 쓰는 일 따위를 하며 한참을 지냈다. 그래도 늘 일상의 모든 것을 관찰하고 이야기를 꿈꾸는 기분을 놓치지 않은 것은 다행이다.

이미지, 이야기, 새로운 경험으로 채워지는 순간들과 지역, 예술, 동네 탐방을 사랑하며 청담과 앞 북촌에 살

고 있다. 중앙대 국문과를 졸업한 후 좋은 온라인 서비스 기획을 했다. 카카오, SKT, 11번가, 29CM CSO를

거쳐 브랜드의 서비스플랫폼 총괄 이사를 맡고 있다.

ⓒ고은혜

이제는 글로벌 스타가 된 여배우의 성형 전 사진이 그다지 궁금할 리도 없었다. 그걸 클릭한 건 순전히 오후의 졸음 때문이었다.

사진 속 여배우는 고작 10대였다.

성형의 흔적이라곤 없는 얼굴에다 가늘게 다듬은 눈썹과 이마에 사선으로 가지런히 붙인 앞머리. 거리의 파라솔 아래 앉아 촌스러운 포즈를 취한 배우 뒤로 멀리 지나가던 두 사람이 같이 찍혔다.

믿기지 않겠지만, 젊은 시절의 엄마와 아빠였다.

딸이 아니라면 알아볼 수 없었을, 40대의 엄마와 아빠. 사진 속 엄마가 입고 있는 하늘색 여름 니트는 엄마가 유독 아끼던 것이라 아직 옷장을 뒤지면 나올지도 몰랐다. 저 펑퍼짐한 남색 통바지도 반갑네. 파마를 세게 말아 짧게 쳐올린 헤어스타일도 내가 기억하는 엄마의 옛 모습 그대로다. 아빠는 그 시절 노상 즐겨입던 베이지색 면바지에 피케셔츠를 입고 있다. 지금보다 머리숱이 많긴 하지만 어디든 머리부터 들이미는 자세로 조금 우스꽝스럽게 걷는 실루엣은 그때도 똑같았다. 나는 터지는 웃음을 참을 수 없어 그 사진을 캡처해 가족단톡방에 올렸다.

"이 뒤에 지나가는 사람 누구게요?"
내 말에 형부가 대답했다.
"어? 그 여배우 어릴 때네."
하긴 형부가 엄마 아빠를 알아보긴 쉽지 않겠지. 이건 공유하는 추억이 많아야만 알아볼 수 있는 사진이다. 30년 전의 사진이니.

"저 두 사람, 엄마랑 아빠 젊을 땐데. LG패션 건물 앞인 것 같아요. 지나가다 찍혔나 봐."

그때나 지금이나 손도 잡을 줄 모르고 팔짱을 낄 줄도 모르는, 무뚝뚝해 보이는 두 사람. 그저 새끼들을 태운 초라한 배로 어떻게든 강을 건너려고 함께 노를 젓고 있는 부부의 분위기가 물씬 풍길 뿐이었다.

온갖 정보가 넘쳐나다 보니 이런 재밌는 일도 겪게 되는구나. 생각지도 않은 곳에서 젊은 날의 엄마 아빠 모습을 만나다니.

그런데, 대낮에 두 사람은 왜 이 길을 걷고 있었을까.

집안의 모든 대내외적인 일은 엄마가 알아서 했고, 아빠는 회사에만 종일 있었다. 이때쯤 우리 집은 엄마 아빠가 대판 싸우거나 10대 사춘기 아이 셋이서 둘씩 짝지어 싸우거나 엄마나 아빠에게 한명씩 걸려 혼나거나 쥐어터지고 소리소리 지르며 방에 틀어박히기 일쑤인 아비규환 상태였다.

잠시 후 엄마가 오타 많은 메시지를 올렸다.

"무슨 사진인데? 우리가 왜 여기 있나?"

엄마는 오래전 자신을 알아보긴 한 것 같다. 힘있는 걸음걸이로 누구에게든 직진해서 자기에게 끼친 손해를 물어내라고 멱살을 잡을 것만 같은 당당함. 그게 몸에 밴 자신의 모습을 방 안에서 생경하게 한참 들여다봤을 것이다.

며칠이 지나 퇴근해 집에 돌아왔을 때 엄마가 대뜸 소리를 질렀다.

"생각났다, 그날!"

"무슨 날?"

"니가 보내준 그 사진 찍힌 날!"

옷을 벗어 건 내 뒤로 엄마가 앨범을 펼쳐 사진 한장을 보여줬다.

"얘 만나러 가는 길이었다."

손가락으로 짚은 흑백 사진 속엔 소박한 웨딩드레스를 입고 앉아있는 엄마가 있었고, 뒤에 한 여자가 있었다.

"엄마가 얘기했었지? 영애. 어릴 때부터 친구였다고."

그랬지. 엄마랑 단짝이었고 결혼식에 와준 유일한 친구라고. 외할아버지 회사가 부도난 후 집안 가장 역할을 하며 억척이 된 엄마와는 달리, 좋은 집안에서 공부도 잘해서 의사가 되었고 동료 의사와 결혼했다는 그 친구.

우아한 하객의 모범처럼 세련된 원피스를 입은 친구 앞에, 시골에서 올라온 버스에서 우르르 내려 와자하게 떠드는 촌스러운 한복 차림의 시댁 친척들이 그렇게나 창피했단다.

"봐봐. 내가 등산화 신고 있지? 그래서 알았다. 내가 산에 갈 일이 생전 없지. 이날 영애한테 간다고 등산화 빌려 신었던 게 기억이 났다. 에고, 참 잊을 수도 없는 일이지마는 그날 내가 찍힌 사진이 저래 나온 게 진짜 희한하네."

엄마는 그날, 엄마 일이라면 꿈쩍도 안 하던 아빠를 대동하고 고향 마을로 가는 고속버스를 타러 터미널에 가는 길이었다. 엔드게임 중 타노스 군대 앞에 홀로 비장하게 맞선 캡틴의 왼쪽 포탈을 통해 나타난 지원군처럼.

●

사람이 없이 살다가 잘살게 되면 어떨지 모르지만, 유복하게 살다가 한순간에 길거리에 나앉게 돼 봐. 누군가 내가 가진 걸 홀랑 빼앗아 가버린 것처럼 억울해. 다시 그전처럼 잘살아야겠단 생각에 악바리가 되거든.

빚지고 전국으로 도망 다니는 외할아버지 대신에 내가 취직을 하고 돈을 벌었어. 그 수밖에 없었지. 그때는 내가 일하면서 어떻게든 버티면 외할아버지가 돌아오겠지, 그러면 무슨 수가 생기겠지, 막연히 그랬다.

근데, 사는 게 어디 호락호락하니? 살림은 내내 그대로였어. 살던 가락이 달라지니 동네 친구들하고도 다 멀어져 버렸지.

결혼할 때도 우리 집이 변변찮으니 사정이 비슷한 집들로 선을 봤다. 집은 별거 없어도 그나마 제일 학벌이 좋은 남자를 골랐어. 그게 니 아빠야. 살아온 환경이며 성격도 봤어야 하는데, 좋은 회사에서 월급은 잘 받아오겠거니 하면서 결혼을 했어. 저렇게 사랑 못 받고 커서 술만 찾는 사람인 줄은 꿈에도 몰랐다.

결혼 날짜를 잡고 시댁 사는 걸 보니 기가 막히더라. 부끄러워서 친구들에게 결혼한다고 전하지도 못했어.

식 올리는 날, 아침부터 그렇게 서러웠어. 이렇게 우리 집을 더 어찌해보지 못하고 내가 시집을 가는구나…… 초라해 보이는 외할머니, 외할아버지 앞에서 마음이 울컥해졌지.

신부 대기실에 갇힌 듯 앉아있는데 누가 내 이름을 불러. 쳐다보니, 고등학교 때 이후로 못 만났던 영애였어. 의사가 되었다는 소식만 부모님 통해 듣고는 만나볼 생각도 못 했는데 어떻게 알고 찾아왔더라. 여전히 호리호리 예쁜 모습으로 그렇게 나를 찾아와준 영애가 얼마나 고맙던지. 내 안부를 묻는 유일한 사람이 하늘에서 내려온 것만 같았어.

몇년 만에 손을 잡고 네가 먼저 결혼하는구나, 축하한다, 너무 오래 못 봤다, 잘살라 얘기하는 그 순간이 꿈인 듯했어. 제일 행복했을 때의 나를 기억하는 사람이 내 앞에 있다니, 어디 갔는지도 몰랐던 자존감이란 게 생기는 것도 같았지 뭐야.

사진사가 영애랑 둘을 이렇게 찍어줬지. 둘 다 고왔네. 참 젊다.

영애는 나보다 늦게 결혼을 했다고 들었는데, 서로 살기

바빴잖아. 뭐 마음속에 그리워하는 순간은 있었어도 찾고 만나고 할 생각도 못 했지.

아빠가 속을 썩이든 어쨌든, 결혼하고 자식들이 생기니까 어릴 때 엄마 살던 것처럼 너희들도 크게 해주고 싶더라. 무리해서 학군 좋은 데로 이사도 하고. 사는 건 더 힘들었지만 너희가 공부만 잘해주면 그만한 보상이 없다고 생각했어.

네가 3학년인가 4학년쯤 되었을 때 저녁을 먹으면서 뉴스를 틀어놨는데, 어디서 애가 없어졌다는 거야. 일주일이 넘도록 수사 중인데 아직 못 찾고 있다고.

엄마랑 아침에 산책하러 같이 나간 아이인데 동네 사람 만나서 얘기하는 중에 혼자 휙 뛰어가 버린 뒤로 아무리 찾아도 안 나오더래.

아빠도 보면서, 세상 흉악한 일도 다 있다, 애가 어디 갔길래 안 나오나, 납치를 당했나⋯⋯그러고.

그 부모가 나와 인터뷰를 하는데, 우리 애 데리고 있는 분 보시면 꼭 연락 좀 달라고, 제발 아이를 찾아달라고, 겨우겨우 얘기하고 있는 그 엄마를 보는데 낯이 익은 거야.

거의 실신할 것처럼 부축한 사람한테 기대서 얘기하는 얼굴이…… 가만 보니까 세상에나, 영애 아니겠냐!

너무 놀라서 숟가락을 다 떨어뜨리고 가슴이 꽉 막혀버렸어. 이게 무슨 일인가. 영애가 왜 저기 나오나. 심장이 터질 것 같았지.

아빠한테 쟤 영애 아니냐 하니, 아빠는 영 모르겠대. 고향엔 이제 남은 사람 없이 다 떠나서 물어볼 곳도 마땅치 않았지만, 어찌어찌 연통을 넣어보니 영애가 맞대. 지금 어쩌냐 했더니 다 죽어간다 그러지, 뭐.

그 애가 영애 딸이라는 걸 알고 나니까 아무것도 손에 안 잡혀. 사람 많은 마트에서 잠깐 네 손을 놓쳤을 때, 안내방송까지 해 가지고 겨우 울고 있는 너를 다시 본 그 20분 동안 내가 얼마나 심장이 타들어 갔는데. 그 짧은 순간 오만 생각이 다 들면서 앞으로 얘를 잃어버리고 내가 어떻게 살 수나 있을까 죽을 거 같았구먼. 영애는 오죽할까.

내가 애를 찾으러 가보겠다고 하니까 느이 아빠 뭐랬는지 아니? 그럼 내 밥은?

진짜…… 내 평생 입 밖에 내보지 않은 욕을 그날 다 퍼부었다.

　지밖에 모르는 쌍놈의 새끼, 그놈의 밥 밥 좀 그만해라. 내가 몸이 아파 죽을 거 같을 때도 니 입에 들어가는 밥 해 대느라 앓지도 못한 거 아냐. 이 개새끼야. 니가 나 아플 때 죽 한번 끓여준 적 있냐? 호로새끼. 앉아서 맨날 차려준 밥만 먹고 배부르면 나머지는 나몰라라. 애 셋 키우는 동안 집안일을 노예처럼, 하녀처럼 종종거리며 손마디가 부어터지도록 하는 동안 내가 힘든지 어떤지 니가 관심이라도 가져본 적 있냐. 당연히 저렇게 소처럼 일하는 사람이라고 여겼지, 이 미친 자식아. 우리 엄마 아빠가 나 이렇게 살라고 귀하게 키운 줄 아냐. 씨발놈의 새끼, 느이 식구들 온갖 뒤치다꺼리까지 내가 암말 않고 해줬으면 고마운 줄도 알아야지. 지가 잘나서 지금껏 이렇게 편하게 산 줄 아나. 누군가 참고 묵묵히 받들어준 사람이 있으니 이렇게라도 살았지. 개만도 못한 놈아.

　지금 애가 없어져서 하루라도 빨리 찾아야 한다는데, 그 애가 젊을 때 유일한 내 친구의 애인데 나라도 가서 한 사람이라도 더 찾아봐야지 이대로 죽어 나오는 걸 기다리는 게 그게 사람이냐. 마흔 넘은 인간이, 다 큰 성인이 지 밥

스스로 어떻게 해먹지 못할까 봐 마누라 찾는 거냐, 이 못 난 놈아. 못났다 못났어. 나는 무조건 갈 거니 니 새끼들 챙겨서 밥 먹이고 학교 보내고 나잇값 좀 해봐라.

막 내가 방언하듯이 욕을 해댔어.

사실 그 나이 한국 남자들이 뭐 다 그렇지만서도, 너무 서러웠어.

고만고만한 애들 줄줄이 데리고 한시도 허리 펴지 못하고 집안일에 매여 있는 건 참아낼 수 있었다. 더 막막하고 암담한 건 힘들 때 나를 도와줄 사람, 요새 마음은 어떤지 물어봐 주는 사람 하나 없다는 외로움과 고립감이었어.

남편은 가장 큰 벽을 느끼게 만드는 사람이었지. 이 세상에 내가 잘 지내는지, 괜찮은지 궁금한 사람 하나 없다는 생각에 더 처절해졌다.

그렇게 한바탕 퍼붓고 기운 쪽 빠져서 앉아 있다가 겨우 짐을 챙겼어.

니들 학교 보내놓고 나니 아빠가 자기도 가겠다는 거야. 하루 휴가 내서 오늘 같이 찾고 자기 먼저 저녁에 돌아오면 된다고. 내가 다른 말은 안 했어. 가방을 챙기고 빌려온 등산화도 신고 나섰지.

그리고 저 길을 지나간 거야. 그 사진 속 길. 참 신기하기도 하지. 어떻게 그날, 저렇게 딱 찍혔는가 몰라.

마을에 가니까 수색작업 동원된 경찰 수도 어마어마하고 정신이 하나도 없었어. 군부대에서도 산을 몇차례나 이 잡듯이 돌았다고 하던데.

영애네 집은 일가친척들이 불침번을 서며 소식을 기다리고 있고 이미 초상집 같은 분위기도 돌았어. 부모님께 내가 누구라고 인사를 하니, 이런 일로 보게 되었구나 하며 금세 눈시울이 붉어지셨어. 내가 찾을 수 있을 거예요, 살아있을 거예요, 저도 같이 찾을게요, 하니 그럼 그럼, 하셨지만 대답이라기보단 한숨 같았지.

영애 방문을 여니 깡마른 여자가 기도를 하고 있었어. 등 뒤에서 조용히 영애야, 나 누구다, 나도 같이 찾으러 내려왔다, 우리 힘내자, 하면서 손을 얹었어.

소리도 나지 않았지만 손으로 전해지는 흐느낌에 나도 그 옆에 주저앉아 영애를 안았다. 우리 둘 다 아무 말도 하지 않고 서로 손만 잡고 울었지. 서로의 어깨가 다 젖도록.

아마 영애는 안간힘을 쓰고 그동안 누구 앞에서도 눈물을 보이지 않았을 거야. 걱정하고 위로하는 많은 말들을 했지만, 자기 목숨을 바꿀 만큼 간절히 아이를 기다린 이는 오직 그 부모뿐 아니었겠니.

영애는 매일 아침 아이가 좋아하는 산책을 나갔단다. 몇년간 매일 가던 산책길이어서 잠깐 아이 손을 놓쳤어도 금방 엄마에게 돌아오거나, 이름을 부르면 바로 만날 것이라 생각했던 찰나였단다. 그것이 영겁이 되어 계속 그 순간이 맴도니 생지옥에서 벗어날 도리가 없었다지.

산책로에서 벗어난 험한 계곡까지 찾아봐도 없고, 데리고 있으니 돈을 내놓으라는 협박도 없고, 억지로 끌고 납치해가는 걸 봤다는 목격자도 나오지 않았어.

나는 이미 경찰이 뒤져봤다거나 군부대가 열을 지어 훑었다는 산길들을 다시 오르고 샅샅이 살폈다. 늦여름 땅에서 훅훅 오르는 습한 열기에 숨이 막히고 온몸이 땀으로 젖은 채 다리가 천근만근이어도 그만둘 수가 없었어. 살아있다면 아이에게 지금이 제일 간절한 순간일 거라는 생각에 멈출 수가 없었지.

산 여기저기에서 아이 이름을 부르는 소리가 들리고 메아리쳤어.

며칠을 그렇게 산을 헤매다 어느 날은 머리가 핑 돌더니 그대로 땅에 쓰러져버렸다.

눈을 뜨니 대지의 물을 빨아올려 하늘로 힘껏 손을 펼친 무성한 나뭇잎들이 바람에 춤을 추고 있더라. 바람이 오동나무를 타넘고 뽕나무 몸을 휘감아 세차게 잎을 흔드니까 내 온몸에 커다란 검은 뱀이 지나는 것처럼 섬뜩했어.

회색 구름이 잔뜩 내려와 세상을 어둑하게 하더니 이내 비를 뿌렸어. 숲이 파도치고 숲에서 가장 큰 나무가 휘청이며, 바람이 흔드는 대로 쏴아아 소리 내며 나부꼈지. 비바람이 숲의 바다를 마구 헤집으며 나에게 왔다가 되돌아갔어.

눈에 보이지만 잡을 수 없는, 숲에서 이는 파도를 보고 있다가 한참 만에 지금쯤 영애는 무슨 생각을 할까 싶었다.

허전하고 외롭고, 때로 서러울 그런 존재를 세상에 내민 죄책감만으로도 주체할 수 없었는데, 그 여린 존재를 끝내 지키지 못했다는 생각뿐일까. 제 살을 뜯어 다시 잃어버린 아이를 빚고 싶은 후회와 그리움이 형벌처럼 계속될까.

나는 모녀 생각에 있는 힘을 다해 몸을 일으켰어. 축축하게 젖은 숲에서 아이를 어떻게든 찾아내 안고 냄새를 맡고 싶었다. 흙의 냄새든 바람의 냄새든 아이 것이라면 붙잡고 싶었지.

●

어린 시절 중 의아했던 시간의 퍼즐이 맞춰졌다.

가을이 오던 무렵 집에 엄마가 없는 날들이 계속되어서, 아빠가 늦으면 옆집 아줌마네에 가서 저녁을 먹었고, 주말에는 한참 때늦은 끼니를 라면이나, 아빠의 어설픈 요리로 때웠다. 엄마 언제 오느냐고 물으면 아빠는 화를 냈고, 그래서 더는 묻지 않았지만 엄마가 그리워서인지, 아빠가 차려준 밥을 먹기 싫어서인지 눈물이 났다.

어느 노을 진 저녁에 엄마가 돌아왔다. 문소리가 나서 아빠가 벌써 퇴근했나 방에서 나온 나는, 붉은빛을 등지고 선 엄마에게 한달음에 달려가 안겼다.

엄마는 많이 말랐고 얼굴에는 기미가 잔뜩 올라 있었다.

"엄마 얼굴 왜 이래?"

내가 묻자 엄마는 딴소리만 했다.

"안 본 사이에 엄청 컸네. 아빠가 밥 잘 챙겨줬어?"

집에 엄마가 돌아오니 진짜 집이 된 것 같았다.

학교에서 돌아와 엄마! 하고 부르니 욕조에서 이불을 밟아 빨고 있던 엄마가 왜! 하고 소리를 지르는데 괜히 웃음이 났다. 집 앞에 다다라서 부엌 창으로 엄마 모습이 왔다 갔다하는 게 보이면 그 장면이 꿈결 같았다.

•

영애 아이는 결국 한달 만에 죽은 채 발견되었어. 산책로에서 멀리 떨어진 곳도 아니었지만 아주 깊은 숲이 우거진 곳에서 잠든 듯 엎드려 있었대.

수색대가 그렇게 돌아도 아이를 덮은 나뭇잎 때문에 못 찾았던 건지, 혼자 길을 잃으니 두려워서 그렇게 사람들이 부르고 찾아도 더 안으로 숨어만 든 것인지, 발을 헛디디거나 해서 그 깊은 골짜기로 떨어진 것인지 아무도 알 수 없게 되었지.

화장터에서 관 위로 불이 오르니 모두가 일제히 소리를

지르더라. 마치 제 몸에 불이 놓인 것처럼, 심장이 타는 것처럼 가슴의 불을 끄려고 주먹으로 치며 우는 여인들. 고개를 숙이고 어깨를 들썩이며 오열하는 남자들.

오래오래 후에 불씨가 꺼지고 뼛가루를 삽으로 긁어 담는 그 소리가 모두의 폐부를 쇠로 긁는 듯했어. 믿을 수 없이 한줌 단지 안으로 들어간 생명.

영애와 헤어질 때는 만났을 때처럼이나 할 말이 없었지. 이제 그만 가볼게, 하고 꼭 안았을 때 영애가 내 귀에 속삭였다.

"오늘 새벽 꿈에 나왔어. 꿈에서 우리 애기가 그러더라. 숨바꼭질했다고. 재밌었대. 거기서 즐겁게 놀고 있나 봐. 여기 육신의 감옥을 벗어던지고 자유롭게 지내는가 봐, 우리 애기가."

그래그래, 하며 나는 눈이 퉁퉁 붓도록 울었지만 그 말을 하는 영애는 울지 않았어.

●

엄마는 집으로 돌아온 후에 한번 더 영애 이모를 찾아갔다고 한다.

생전 손녀에게 무뚝뚝하기만 했던 할아버지는 아이가
발을 헛디며 깊은 숲으로 떨어진 것이라 믿었다. 장례 후
할아버지는 매일 그 산으로 가서 돌담을 쌓았다고 한다. 맨
손으로 한개 한개, 다시는 누구도 험한 산길에 잘못되는 일
이 없도록 길 가장자리를 둘러 돌담을 만들었다.

지금 보면 어느 업체에서 꼼꼼하게 만들어준 안전 펜스
같다는데, 할아버지가 손녀의 명복을 빌면서 무거운 돌 하
나씩을 기도하듯 쌓은 것이었다. 할아버지는 아침마다 산
으로 손녀를 만나러 늙은 걸음을 옮겼고, 손녀의 안부를 물
으며 마음속으로 말을 건넸을 시간의 조형들이 하루씩 높
아지고 길어졌다. 그렇게 고된 노동으로 사무친 그리움을
잊으려던 할아버지가 돌아가시고, 매일 그를 배웅하던 영
애 이모도 살던 마을을 떠났다고 한다.

엄마가 그곳에 갔을 때 이미 영애 이모는 없었다. 어디
로 갔는지 아무도 몰랐고, 엄마는 행여 이모가 돌아오면 연
락을 달라고 전화번호만 남겼다고 했다. 허망한 마음으로
그 산책길을 한바퀴 걷고, 하늘을 올려다보며 죽은 아이가

할아버지를 만났다면 손 꼭 붙들고 어리광부리며 잘 놀고 있으라고 빌었다. 영애 이모가 살아있다면 꼭 한번 만나고 싶다는 기도도 하고.

"근데 엄마 왜 그 얘기 지금까지 나한테 안 했었어?"

"하면 나도 또 아프게 생각이 나고, 전하다 보면 지나간 얘기처럼 쉽게 하는 얘기가 될까 싶고. 그랬나 보지."

"영혼이 어디에서 다 듣고 있을까 봐?"

"천국에 갔으면 좋겠다. 하고 싶은 거 다 하고. 어디 길 잃어버리지 말고, 지 엄마도 천국 가면 꼭 둘이 만나야 할 텐데."

영애 이모는 산 사람의 마음으로 살 수 있었을까. 시간이 아주 오래 지났으니 이제 견딜 수 있게 되었을까.

엄마가 옆에 앉아 당근을 쥐고 똑똑 끊어먹고 있는 딸아이의 머리를 쓰다듬는다. 나하고만 있을 때는 김밥 속 당근, 볶음밥 속 당근도 모두 골라내고 안 먹던 아이다. 저렇게 당근을 즐기게 되기까지 엄마가 얼마나 달달 볶아댔을까.

딸을 엄마네로 데려온 건 전남편과 이혼하고 사업도 송

사에 휘말리면서 앞이 캄캄해졌을 때였다. 혼자서 변두리의 창고 같은 사무실에 앉아 솟아날 구멍이 없는지 찾으며 기약 없이 밤을 새우던 날이었다. 어느 날 사무실 문이 뻥 열리면서 파마머리를 유독 짧게 자른 엄마가 나타났다.

엄마는 나를 째려보며 그대로 지나쳤고, 사무실 소파에 누워 잠든 딸애를 들쳐업었다.

"얘는 내가 잘 먹이고, 잘 재우고 있을 테니까 너는 어떻게든 살 방법을 찾아 봐."

엄마가 반대하는 결혼을 한 나는 보란 듯이 잘살고 싶었지만 쉬운 일은 아니었다. 힘든 고비를 넘기면서도 엄마는 최후의 보루였다. 내 자존심에 죄 없는 어린아이만 점점 말라갔다.

"니가 그랬잖아. 니가 원하는 선택을 했는데 무슨 일이 생기면 니 책임이지만, 엄마가 골라준 결혼을 했다가 잘못되면 엄마가 책임질 거냐고. 니 그 말이 너무 무서웠다. 아무리 조심조심 살아도 별일이 다 생기는데. 앞날에 무슨 일이 생길 줄 알고, 거기다 자식 인생을 걸 수 있겠냐."

엄마가 먼저 쳐들어와 딸을 돌봐주면서, 낭떠러지 아래로 나를 매달았던 밧줄이 조금씩 위로 당겨지는 느낌이었다.

사진 사건 후 엄마는 다시 생각이 났는지, 외할머니에게 보내고 싶은 물건이 있으면 홀로 남은 영애 이모 어머니에게도 똑같이 보냈다. 나이든 친정엄마가 필요한 거라면 영애 이모 어머니도 마찬가지일 거라며 두개씩 사서 부쳤다. 무릎이 안 좋아 걷기 힘들어진 외할머니에게 지팡이를 사서 보낼 때, 여름이라 풍기 인견 바지를 사서 보낼 때도 그랬다.

어느 주말 오후, 집으로 온 전화를 받은 엄마는 화들짝 놀랐다.

"뭘 전화까지 주셨어요, 별거 아닌데. 네, 오래 지났죠. 아주 오래전이죠. 제가 잊어버리기는요. 이제나저제나 기다리는데요. 그러게요. 저도 사는 게 바빠서 생각을 못 하고 있다가. 우리 엄마도 이제 늙어서 챙겨줄 게 많은데 어머니도 비슷한 연배잖아요. 왜 여태 안 해드렸는지 죄송하네요. 살림도 빡빡하고. 네, 애들은 잘 컸지요. 이제 제가 할머니잖아요. 손주 보고. 그러게요. 건강은 좀 어떠신데요?"

소포를 받고 연락한 영애 이모의 어머니였다. 정말 별거 아닌 인견 반바지였는데, 이제 딸도 없이 늙은 자신에게 이런 걸 챙겨줄 이도 없다며 너무 좋은 걸 구해 보내서 고맙다고. 민망하게 거듭 감사 인사를 받은 엄마가 건강을 물으니, 사는 게 지겨운데 왜 이리 안 죽는지 모르겠다고 한숨을 쉬셨단다.

"아직 못 죽고 기다리는 노모도 있는데, 영애는 어디서 살았는지 죽었는지."

엄마가 안타까워하자 내가 물었다.

"만약 영애 이모 살아서 다시 만나게 된다면 어떻게 할 거야?"

나와 얘기를 하는 중에도 손은 바삐 움직이며 이것저것 닦고 정리하던 엄마는 손을 턱 내려놓고 한참을 머뭇거렸다.

"아휴…… 큰일 겪고 나서도 내가 아무 도움이 안 된 거 같아서. 하이고, 다시 만나면 꼭 그 말을 해주고 싶어…… 사느라 애썼다고…… 여태 살아줘서 고맙다고……"

엄마는 울컥한 것이 민망했는지 괜히 나더러 인터넷에 뭐 좀 찾아볼 수 없냐고 성화를 했다.

"갑자기? 이제 와서?"

"야, 거 뭐 찍힌 줄도 모르는 우리 사진이 다 돌아다니는데, 뭐라도 검색해보면 나오는 게 있지 않겠냐? 인터넷엔 별의별 게 다 나오더만."

저녁을 잔뜩 먹고 일찍 잠든 딸애의 얼굴을 보다가, 옆에 누운 엄마 얼굴을 가만히 보았다.

잘 때도 엄마 주름은 펴지지 않네. 왜 저리 미간을 잔뜩 찌푸리고 자는지 모르겠어. 내 걱정을 할 때면 늘 저렇게 인상을 쓰더니만, 걱정을 많이 해서 굳은 건가. 나는 엄마 걱정을 별로 해본 적이 없다. 엄마는 세상 제일 목석처럼 단단한 사람 같아서.

언젠가 오늘처럼 갑자기 전화가 울리고, 영애 이모를 찾았다는 연락을 받으면 좋겠다. 전화를 받자마자 엄마는 행동 개시를 하겠지. 엄마는 이제 출근할 곳도, 나갈 곳도 별로 없는 건넌방의 아빠에게 소리칠 것이다.

"여보, 갑시다! 영애 찾았대요!"

그럼 아빠는 군말 없이 옷을 걸쳐 입고 따라나설 게 뻔하다.

사진에 찍힌 그날처럼 잔뜩 무겁고도 떨리는 마음으로 두 사람은 길을 나란히 걸어가겠지. 그 길에 닿을 앞날을 전혀 몰랐던 그때처럼, 두렵지만 물러서지 않는 비장한 발걸음으로.

오래 길을 돌아 다시 만나는 삶이 어떤 모습일지, 엄마는 전하지 못한 마음을 마저 내려놓을 수 있을까 상상하며 잠이 들었다.

작가의 말

윤화진

마흔이 넘은 나이에도 '다른 걱정 없이 글 쓰고 그림 그리는 데 내 시간을 자유롭게 쓸 수 있는 것'이 꿈이라고 말했다. '언젠가 내 글을 쓰고 싶은데……'로만 끝나는 도돌이표 고민을 넘어서야 했다. 오랜 시간이 걸려 깨달은바, 내게 그럴 수 있는 조건이 충족되는 날은 안 올듯싶다.

그러니 무작정, 당장 시작할밖에.

회사에 다니며 이야기에 몰입할 시간을 내기란 무척 어렵다. 책임감이 커질수록 더더욱 머릿속엔 일 생각이 떠나지 않고, 퇴근 후 밤늦게 식탁에 앉아 노트북을 펼치면 둘째가 무릎 위로 기어 오른다. 아직도! 누가 뭐라든 어떤 식으로든 나는 소설을 쓰기로 했다. 주말에 짬을 내서, 휴가 중에, 애 학원 기다려야 할 때 등등. 어떻게든 시간을 만들어 이야기를 썼다. 아주 짧지만 괴롭고도 행복했다.

가까이 부대끼고 살아도 외로운 순간순간, 나의 안부를 물어주길 바라는 모든 이들에게 언니들의 마음이 함께한다는 말을 건네고 싶었다. 또 내가 겪은 죽음들, 그리고 죽음 뒤에도 이어지는 안부인사와 그리움을 담아, 사는 동안 더 따뜻하게 잘 사랑해보자고 청하고 싶다.

이렇게 저렇게 계속 주머니 속에서 굴려보던 이야기를 꺼내놓았으니, 이제 다음 이야기로 넘어가 볼 수 있겠다. 휴. 좀 오래 걸리더라도. 너는 부캐가 뭐냐 물으면 소설 쓰는 사람이라고 하기로 한다. 이제 죽을 때까지 신나서 할 일이 생겼다.

제일 처음으로 내 글을 읽어준 남편, 이제 엄마와 이야기 고민을 나눌 수 있게 된 딸, 첫 두 문장을 읽고 재미없다고 도로 돌려주고 간 아들, 모두 감사하다. 무얼 하든 늘 걱정과 관심이 샘솟는 나의 엄마, 아빠도.

완벽한 식사

©조성태

임혜영

끊임없이 이야기를 주워 담았다. 읽고 쓰는 건 오래된 습관이자 힐링이었다. 담아둔 이야기가 누군가에겐 위로가 될 수도 있을 것이다. 동시대를 살아갈 언니이자, 언니였고, 언니가 될 그녀들을 위한, 날카로운 문장을 쓰는 사람으로 살고자 한다. 고려대 사회학과에서 이데올로기를 공부하고 졸업 후 상품기획자로 일했으며, 2020년에 산문집 《어느 날 누군가 내 마음에 노크를》을 출간했다. 지금은 아이와 개 한마리를 키우며 새로운 이데올로기를 탐구 중이다.

현관에 들어서자 막 내린 커피 향이 훅 끼쳤다. 간결하지만 고풍스러운 집이 한눈에 들어왔다. 일찍 도착한 몇명이 방에서 소곤대며 이야기를 나누고 있었고, 유나는 발소리도 나지 않게 조용히 걸어 주방으로 들어갔다.

　요리를 배우는 것은 유나의 오랜 로망이었다. 결혼 6년차였지만 아이를 낳고도 회사 일에 허덕이느라, 그녀의 요리는 발전할 틈이 없었다. 그녀는 반찬 배달 사이트의 VIP 고객이었다. 사다 먹으면 뭐가 어때서, 그녀는 늘 정성 들여 반찬을 골랐다.

수업은 매달 다른 주제로 이루어졌다. 이탈리안 푸드 클래스, 예쁜 떡 만들기, 미국식 스테이크 등 한번 도전해 보고 싶을 만한 요리 주제를 '손쉽게', '실습 가능하게' 가르쳐준다는 것이 강사의 콘셉트였다. 강사의 블로그에 친구 신청을 하고, 강좌가 열리면 시간을 확인하여 먼저 댓글을 달고 입금까지 마치면 성공이었는데, 수업은 언제나 인기 만점이라 등록이 쉽지 않았다.

"영광입니다. 신청에 성공해서 너무 좋아요."

유나는 설레는 표정으로 말했다.

"제가 더 영광이에요."

강사는 명랑했다.

수업 도중에 강사는 결혼을 꼭 하고 싶다며 너스레를 떨었다.

"저 몇 년 있으면 쉰인데, 이제 애는 어렵겠죠?"

강사는 깔깔 웃었다.

"아니에요, 충분히 가능해요!"

수강생들이 손사래를 쳤다.

"정말 괜찮아요? 난자도 늙는다면서요?"

강사가 눈을 크게 뜨고 묻자, 누군가는 중매를 선다고도 나섰다.

"그런데 연하도 괜찮죠, 샘?"

"아우, 너무 좋죠."

"선생님. 결혼하지 마요. 결혼 꼭 좋은 것도 아니야. 지금 골드미스로 사는 거 너무 좋은데 왜요. 나라면 절대 안 해."

"맞아요!"

여기저기서 소리쳤다.

"커리어도 확실한데, 굳이 결혼까지 뭐 하러."

"그럴까요?"

"죽을 만큼 사랑하는 사람이 있다면 모를까, 그걸 왜 해요?"

"그렇지!"

여자들은 공연히 신이 나 커피잔을 들어 건배했고 챙챙, 잔 부딪는 소리가 경쾌하게 울렸다.

"이제 섞기만 하면 돼요. 재료 뭉개지지 않게 살살."

강사는 준비해둔 재료를 믹싱 볼에 넣고 섞었다. 최고

등급의 소고기는 입안에서 살살 녹았다. 맛있는 냄새가 주방 가득 찼다. 유리 볼에 나무 숟가락이 부딪치는 소리, 도자기 컵을 내려놓는 소리, 맛있다는 감탄의 소리가 한데 잘 섞여 오후 햇살과 함께 바닥에 차분히 내려앉았다.

여자들의 가벼운 음성이 쌓이는 느낌이 좋았다. 서로 어깨를 툭툭 건드리며 웃는 모습을, 유나는 천천히 눈에 담았다. 회사를 그만두고 유나가 처음 가진 '나를 위한 시간'이었다. 마지막 커피 한모금까지 맛있으니 진정 성공한 하루였다.

"그런데, 다음달 수업도 신청하셨어요?"

유나의 옆에 앉아있던 여자가 불쑥 물었다.

"아. 저는 실패해서 일단 대기 중이에요."

"저도 너무 하고 싶었는데, 못 했어요. 아쉬워요."

"하긴, 전 아이 어린이집 문제가 해결돼야 다음에도 올 수 있긴 해요."

"아이가 있어요? 유명한 어린이집이 여기 건너편에 있긴 한데. 여기 단지 사세요?"

"아니요. 그런데 왜요? 이 단지 주민 우선인 거예요?"

유나가 눈을 동그랗게 뜨고 물었다.

"저도 그건 잘."

옆자리 여자는 조금 민망한지 얼버무렸다.

"에이, 그건 그냥 이 동네 어르신들 고집 같은 거예요. 단지 주민을 우선시하긴요. 그냥 자기들끼리 떠드는 소리지."

강사도 얼버무렸다.

"어떻게 설명해야 하려나. 그냥 신경 쓰지 말아요. 난 웃긴다고 봐, 그거."

모두 웃었지만 뜨악한 표정들이었다.

강사의 집이자, 쿠킹클래스가 열리는 아드리아 타운하우스는 20여 년 전에 지어진 전원주택풍의 세컨하우스 단지였다. 당시, 서울 노른자위 오래된 3, 40평 아파트에서 중년을 보낸 50대들에게, 이곳은 새로운 휴식처로 꼽혔다. 새로운 투자처이기도 했고. 인프라도 없는 곳이었지만 비교적 적은 돈으로 70평대 이상의 대형 주택을 매매할 수 있다는 점이 강남 거주자들의 구미를 당겼기에 국내 최대 전원 단지로 이름을 날릴 수 있었다.

다닥다닥 붙어 있는 서울 아파트에서는 맛볼 수 없는 여유, 향후 광역버스와 지하철이 확충될 계획이 있고 녹지 비율이 높은 그곳은, 서울에서 딱 한시간 거리였다.

한때 여섯배 이상 가격이 뛰자 주민들은 점점 문을 꽁꽁 걸어 잠그기 시작했고, 옆 단지에서 직접 통하는 쪽문을 허가하지 않겠다는 등 꼴사납게 굴었다. 외부인이 들어올 땐 삼엄한 경비를 지나야 했지만 주민이 외출할 때면 나이 지긋한 경비원들이 후다닥 달려나와 거수경례를 했다. 인근 유치원 셔틀버스의 출입까지도 통제했다. 단지 내 교통이 혼잡하다는 이유로.

그 누구도 토 달지 않았다.

유치원에 다니는 어린아이가 매우 적기도 했지만, 왜 그래야 하는지 묻는 사람도 없었다.

뒤늦게 매매를 감행하는 사람도 있었지만, 상승세는 영원하지 않았다. 더 깊숙하고 외진 곳에 몇배는 더 세련되고 편리한 단지들이 들어서는 동안, 아드리아 타운하우스는 꾸역꾸역 나이만 먹었다. 가격이 치솟았던 때를 잊지 못하는 노인들은 낡아버린 외관 도색조차 허용하지 않았고, 타운하우스는 급속도로 늙어갔다.

부동산 전문가들은 하락세를 감지하자마자 다른 지역으

로 투자금을 옮겨 심었다. 거주민 대부분은 설마 하며 마음만 졸이다가 앉은자리에서 수억을 잃었다.

"여기가 잠실보다 비쌌는데."

넋두리는 단지 곳곳에서 들렸다. 놀이터에서 손주가 탄 그네를 밀어주는 노인들의 단골 멘트였다.

단지가 낙후되어갈수록, 비싼 값에 들어와 둥지를 틀었던 노인들은 떼를 썼다.

"여기가 어떤 곳인데. 우리가 얼마에 여기에 들어왔는데."

느티나무 그늘에 노인들은 자주 모여 앉았다.

"그 댁 며느리는 이번에도 안 와요?"

"우리 며느리는 회사에서 긴급하게 출장을 보낸다고. 뭐 통장으로 돈 부친다던데. 그러든지 말든지."

노인들은 그늘에 앉아, 서로의 세간살이를 걱정하다가 자식을 자랑하고 무심한 듯 자신의 재산을 낱낱이 고하다가도 결국은 한숨을 쉬었다.

"이게 어떻게 이렇게까지 떨어진 걸까?"

그들은 비닐봉지에 싸온 떡과 과일을 나눠먹으며 몇시

간을 떠들다 집으로 돌아갔다.

새로 이사 온 젊은 사람들 눈엔 몹시 거슬리는 풍경이었다. 노인들은 아이 손을 잡고 올라가는 엄마들의 옷차림에 훈수를 뒀고, 아이에게 뜬금없이 말을 걸고 대답을 원했다.

언젠가부터 젊은 부부들은 그늘 앞을 지날 때 웃지 않았는데, 그마저도 노인들은 자신에게 공손한 거라 착각했다. 노인들은 복합 휴게 공간 설립에 열렬히 반대했고, 단지 내 가로등을 LED로 교체하자는 의견을 무시했다.

"그게 뭔데? 다 잘 보이는데, 왜 돈을 써?"

겨울에 눈이 내리면, 쌓여서 얼기도 전에 염화칼슘을 미리 넉넉히 뿌리라고 성화를 부렸다. 너무 많이 뿌리는 건 땅에도, 타이어에도 안 좋다는 젊은 입주자들의 의견을 경비원이 전해도, 그들은 흘려들었다.

그런가 하면 골프 라운딩을 다녀온 노부부가 경비실 방향으로 손을 까딱거리자 경비원이 후다닥 뛰어나와 골프가방을 들었다. 운전석에 앉은 할머니는 아무렇게나 주차를 하고 차에서 내렸다.

지나가던 사람들이 눈살을 찌푸리며 쳐다봤고 차들이 줄지어 경적을 울렸지만 그들에겐 도무지 들리지 않는 듯

했다.

　"옛날에야 유명한 단지였죠. 외관만 번드르르. 엄청 비싸긴 했나 봐요."

　강사는 말을 하면서도 민망한지 조금 웃었다.

　"진짜 부자들은 강남에 하나, 여기 하나 됐다잖아요."

　나이가 지긋해 보이는 한 여자가 말했다.

　"난 뭔가 아까운 느낌이 들어서, 가격은 떨어질 대로 떨어졌다지만 여기를 쉽게 정리하진 못 하겠더라고요."

　여자의 얼굴에 진심으로 아쉬움이 흘렀다. 그들이 아쉬워하는 건 떨어진 가격만이 아니었다. 그들에게 필요한 건 과거였다.

　유나의 엄마는 서울의 모든 것을 동경했다. 별다른 이유는 없었다. 지방 소도시에서 나고 자란 사람들이 흔히 가진 막연한 환상같은 거였다. 유나를 낳던 날 얼마나 행복했는지 말하면서, 엄마는 맑고 예쁘게 웃었다. 서울에서 자식을 낳다니 감개무량했다고. 유나는 그날의 엄마 얼굴을 떠올릴 때면 빙긋 웃음이 돌았다.

유나의 엄마는 자라는 내내 서울에 살고 싶었다.

"가시나, 서울 사니 좋냐?"

엄마가 고향 친구와 통화를 할 때면, 수화기 너머로 거친 사투리가 쩌렁쩌렁 새어나왔다. 그럴 때면 엄마는 좀 수줍게 웃었던 것도 같다. 엄마의 평생 목표는 서울 어느 곳에든 3층 주택을 올리는 것이었다.

"1층이랑 2층은 세 놓고 우린 3층에 살면 돼. 가을엔 옥상에 넓게 돗자리 깔고 고추도 말려야지. 유나 넌 시집가도 고춧가루 걱정은 안해도 돼."

아직 짓지도 않은 3층 주택 이야기를 하며, 엄마는 몹시 흥분했다.

"널 그래도 서울에서 키우느라……"

그래서 엄마의 잔소리는 늘 그렇게 시작되었다.

정작 유나는 서울에서 나고 자라서 지방 도시와의 차이점을 몰랐지만, 엄마는 늘 희생과 자부심, 고통과 보람 등을 적절히 섞어 유나를 볶아댔다.

"내가 다 정리하고 내려갈까 하다가도, 니 생각에 버틴 거다."

엄마는 늘 각종 아르바이트에 정신이 없었고, 유나는 어떻게든 빨리 자라 엄마의 짐을 나눠 지고 싶었다. 엄마의 고생으로, 유나는 엇나갈 틈이 없었다.

그런 탓에 유나에게도 서울은 성공의 상징이었다. 온갖 희생을 감내하고도 살아내야 하는 목적, 심지어 반문해본 적도 없었다. 그런 유나에게 서울 아닌 부촌이 있다는 건 몹시 이상한 일이었다. 서울보다 더 좋은 곳이 있다고? 그것도 비싼? 말도 안 돼. 유나는 쿠킹클래스 사람들의 말을 믿을 수 없었다.

대학을 나와 취업을 하고, 직장을 다니다가 평범한 남자와 결혼을 한 유나는 세상 물정에 어두웠다. 이왕 서울을 떠나 새 보금자리를 구할 거면, 여기저기 다른 곳도 다양하게 알아보라고 친구들은 충고했다. 투자 가치 있는 곳에 집을 사라는 거였다. 그런 와중에 남편과 들러본 이곳에 딱 마음을 빼앗겼다. 서울을 떠난다니 엄마가 펄쩍 뛰었지만 유나는 아무려나 상관없었다.

유나의 아이는 지독한 '엄마 바라기'였다. 유나는 출산휴가 3개월을 마치자마자 바로 복귀했고, 엄마 젖을 빼앗긴 아이는 곧 숨이 넘어갈 것처럼 울어댔다. 종일 돌봐주는 도우미 이모님도 어려운 아이라며 혀를 내둘렀다.

　퇴사를 결정하고 나니 마음이 깔끔했다. 온종일 엄마를 독점한 딸은 더는 심하게 울지 않았다. 모든 것은 제자리를 찾은 듯 평안했다.

　아이의 시간에 자신을 던지는 건, 무한한 행복 열차에 탑승하는 거였고 동시에 언제 끝날지 모르는 지옥이 반복된다는 거였다. 미안함과 사랑이 범벅됐던 시간은 그리 길지 않았다. 유나는 슬슬 아이를 기관에 보낼 준비를 해야 했다. 독하게 마음을 먹고 헤어졌다 만나는 연습에 돌입하기로 했지만 번번이 실패했다. 일단 유나는 엄마에게 SOS를 보냈다.

　"하루만 좀 넘어와, 엄마. 얘 이제 연습해야지. 그리고 엄마 오는 김에 나 쿠킹클래스 한번 가보면 안 될까? 엄마 바빠?"

　엄마가 도와준다면 단 몇시간의 호사라도 부리고 싶었다. 응석을 부리는 아이처럼, 유나는 엄마를 졸랐다.

　결국 '바쁘지만' 친히 딸 집에 방문해준 엄마로 인해 문제는 해결됐다. 유나는 속으로 쾌재를 불렀다. 자기만을 위한 시간을 잘 만들어 쓰기 위한 연습 과정. 집에서 시달릴 엄마 생각이 나기도 했지만, 유나는 그마저도 잊기로 했다.

"유나씬 아이가 몇살이에요?"

모처럼 수업이 일찍 끝난 날, 강사는 커피를 들고 수강생들 사이에 끼어 앉았다.

"네살이에요. 딸이고요."

"네살? 너무 예쁘겠다!"

강사의 표정에 아련함이 지나갔다.

"난 아기가 너무 예뻐. 결혼은 못 한다 해도 괜찮은데, 아이는 갖고 싶긴 해요."

"선생님. 아닌 거 알죠? 아니야. 결혼도 아니고 아기도 아니야. 지금이 최고야."

나이 지긋한 여자가 말하자, 주방에 모인 여자들이 웃음을 터뜨렸다.

"어린이집에 보내야 하는데 걱정이에요."

유나의 하소연에 건너편 아기 엄마가 기관 몇곳을 소개했다.

"우리 엄마, 이 아파트 거의 초창기 멤버인데 어린이집은 고사하고 학생들이 과외만 받아도 민원이 장난 아니었대요. 그래서 이 단지에는 어린이집이 없잖아."

강사는 부모와 함께 꽤 오랜 기간 이곳에 거주한 이른바 산증인이었다.

"왜요? 과외는 시끄럽지도 않은데?"

"엘리베이터 타고 내려가면서 떠들었대. 애들이. 귀가 너무 좋으셔들."

"여하튼, 그 어린이집이 평이 좋아요. 선생님들도 좋고, 교구나 시스템도 괜찮대요. 게다가 어린이집치고 영어도 신경 써줘서 다들 좋아하는 것 같더라고요."

"아. 그렇구나. 알아봐야겠어요."

식탁은 묘한 장소였다. 일단 둘러앉으면 공감대가 솟아났다. 처음 만난 사람들이었지만 괜히 익숙했다. 게다가 식탁에 앉아 같은 음식을 먹다 보면, 마치 오랜만에 옛 친구를 만난 듯 아련한 감정이 올라왔다.

집에 돌아오니 아이는 거실 소파에 고꾸라진 채 잠들어 있었다. 많이 울었냐는 질문에 엄마는 말없이 고개를 저었다. 피곤해 보였다. 혹여 아이가 깨어나, 또 울기 시작할까 봐 엄마는 아이의 고개조차 건드리지 않고 있었다.

"뭐 배우고 왔어? 한상 차려주는 거야?"

엄마가 농담을 던졌다.

"샐러드랑 이것저것? 엄마 오늘 내가 샐러드 해줄까?"

"독한 것이 엄마를 이렇게나 부려먹고 풀떼기를 주려고?"

유나는 엄마와 함께 웃었다.

"유나야. 일 잘 그만뒀다. 얘 니가 키워야 해. 그러는 게 맞을 것 같다."

"엄청 별나지?"

"별나기도 한데, 그냥 니가 키워. 그렇게 해. 얘랑 원 없이 부대끼고 예뻐해주고, 어느 정도 크고 나면 니 인생 살아. 그러면 돼."

유나는 엄마 옆에 가만히 앉아 잠깐 있었다.

"어느 정도 크는 게 언제까지야?"

"힘들다, 안 큰다 해도 금방이야."

"그런가?"

"당연하지. 먹고 산다고 아등바등하느라 너 자라는 예쁜 모습 많이 놓친 게 제일 억울해. 넌 다 누리고 살아. 그래도 돼."

유나와 엄마는 그렇게 한참을 앉아 있었다. 엄마의 침묵

속에서 유나는 많은 것을 읽을 수 있었다. 유나는 아무 말 없이 엄마에게 좀 더 바짝 다가앉았다.

유나는 매일 신경써서 밥을 했다. 남편이 퇴근할 시간에 맞춰 밥솥을 돌리고 프라이팬을 달궜다. 달군 프라이팬에 기름을 두르고 달걀을 부치고 호박을 볶았다. 인터넷으로 열심히 레시피를 검색하고 메모하며 실습할 때, 유나는 사뭇 진지했다.

칼질은 어려웠다. 어느 방향으로 어떻게, 어느 정도의 힘을 줘야 하는지 익숙해지지 않았고 막상 리듬을 탄다 싶어 조금 속도를 내면 바로 손가락 어딘가에 상처가 생기고 피가 흘렀다. 감자채볶음을 하려고 감자를 썰다가 손가락도 같이 썰 뻔하고, 무나물볶음을 하는 게 맞았는데 어느새 캐러멜색을 넘어 나무 둥지 색을 띠는 이상한 채소로 변한 음식을 바라보며 웃었다.

아이는 꼭 요리하는 유나의 발밑에 앉아 책을 읽었다. 칼질하는 중이라 위험해서 비키라고 하면 아이는 싫다며 움직이지 않았다. 굳이 그 밑에 앉아 있다가 당근 조각이라도 머리에 떨어지면 눈물을 뚝뚝 흘려가며 그만하라고 울어댔다. 토라진 아이를 달래다 종종 냄비를 태웠다. 제대로 주방 생활을 해본 경험이 없었던 유나는, 자신이 올려놓은 냄비나 프라이팬의 존재를 종종 잊곤 했다. 전업주부가 되어 주방으로 출근한 지 몇주 지나지도 않아 유나는 냄비를 숱하게 태워먹었다.

결국 유나는 다시 반찬을 주문하기로 마음을 먹었다.

"엄마. 나 밥만 해서 먹어야겠어. 아기 데리고 요리할 수 있는 실력이 아니야."

유나는 휴대전화를 붙잡고 쿡쿡 웃었다.

"이게 엄청 힘든 일이었네. 엄마. 내가 바빠서 안 한 게 아니라, 못 하는 거였어."

유나 곁에 딸아이가 다가와 무릎을 베고 누웠다.

"못 하겠으면 사서 먹으면 되지, 왜 기운이 쭉 빠져서 그래? 엄마는 네가 좀 잘 챙겨 먹었으면 하는 거지, 꼭 직접 해 먹으라고는 한 적 없다."

엄마가 말했다.

"어린이집만 잘 해결되면 시간 날 때마다 연습해서 요리 고수 될 거야. 기대해. 내가 또 막상 하면 다 잘하잖아. 알지?"

"그래. 버티다 보면 다 하게 돼. 그냥 같이 잘 먹을 수 있으면 그게 요리 실력 있는 거야."

버티다 보면 하게 된다고…… 무얼 버티고 무얼 하게 된다는 것인지 유나는 잘 알 수 없었지만 일단 전화를 끊었다.

유나는 다시 프라이팬을 달구고 달걀을 풀고 채소를 썰어 달걀말이를 만들었다. 김치를 물에 씻어 올리브유에 볶을 때면 어린 시절이 떠올랐다. 일을 마치고 느지막이 집에 들어온 엄마는 일단 김치부터 꺼냈다. 푹 익은 김치를 물에 넣어 꽁치와 끓이면 꽁치김치찌개, 김치에 양파와 파를 썰어 넣고 기름에 달달 볶다가 찬밥을 넣어 볶으면 김치볶음밥. 어린 유나의 눈에 엄마는 모르는 게 없는 신처럼 보였다. 유나가 배고플까 봐 한달음에 달려오느라, 숨이 턱까지 찼어도 엄마는 들어오자마자 김치부터 꺼내고 저녁을 지었다. 그 곁에 앉은 유나의 볼을 한번 만지고.

그땐 식탁이 아니라 동그란 나무상에 둘러앉았다. 몇가지 안 되는 반찬을 상 가운데 놓고 둘러앉으면 묘하게 허기가 졌다. 유나는 상기된 엄마 얼굴을 보며 뭐라도 말을 해야 할 것 같아서 "엄마, 그런데." "엄마 말이야."하고 말을 붙이면, 엄마는 턱을 치켜들며 어서 먹으라는 표정을 지었다. 유나는 특별히 선호하는 음식도 없었지만, 꺼리는 음식도 없었다. 그냥 가족과 함께 둘러앉아 숟가락질을 하는 그 시간을 먹었다. 체하는 법도 없었다. 가족의 따뜻한 시간은 위장을 훑고 뱃속에 들어앉아, 힘든 일을 겪을 때마다 유나의 피부를 툭툭 쳤다.

잊고 있었다. 잘하지 않아도 괜찮다는 것.
유나는, 아이를 낳고 돌보며 세상과 분리되었던 그때를 떠올렸다.

'왜 나는 아이를 못 돌보지? 뭐가 이렇게 서툰 거야?'

사실, 엄마라는 이유로 모든 것에 능숙해야 하는 것은 아닌데, 꼭 그래야 할 것 같았다. 종일 씻지도 먹지도 못했지만, 여전히 행복해야 할 것 같은 마음의 압박.

잘하지 않아도 괜찮은 걸 그땐 몰랐다.

식탁은 역시 묘한 곳이었다. 김이 올라오는 음식을 사이에 두고 둘러앉으니, 모든 것이 나아진 기분이었다.

다음날 오후, 유나는 아이의 손을 잡고, 아드리아 타운하우스 건너편 어린이집 앞에 섰다. 입구에서 슬쩍 뒤로 물러나려는 아이의 손을 꽉 잡아당겼다.

"어머니. 우리 어린이집엔 4년제 유아교육과를 전공한 재원이 두분이나 계세요. 물론 주변에서 이미 설명 많이 듣고 오셨겠지만, 여러 면에서 퀄리티를 유지하려고 노력하고 있어요."

유나는 가볍게 미소 지으며 경청했다.

"저희 원장님은 어린이집 운영 경험이 많으시고, 아드리아 타운하우스 입주 멤버세요. 아시죠, 거기?"

유나는 당황했다.

"어머님 잘 모르실 수 있는데, 저 단지 처음 멤버시면 여러모로 높으신 분이라고 보셔도 돼요."

상담 선생은 목소리를 낮추고 속삭였다. 이 대화에 반응을 어떻게 해야 하는 거지? 유나의 머릿속 생각들이 뒤죽박죽 엉키기 시작했다.

"저희 원장님 참 인자하고 좋은 분이세요. 오늘은 협회 모임이 있어서 하필 외출 중이시네요."

그 한마디를 제외하고는 꽤 전문적이고도 흡족한 설명이었다. 위생적인 부분도 깔끔했고, 먹을거리도 훌륭했다.

선생님들 인상도 대체로 좋았다. 너무 마음에 드는데? 유나는 속으로 읊조렸다.

그런데 말이다. 아드리아 타운하우스 잘 아시죠, 하며 교사가 음성을 낮췄을 때 왜 유나는 모른다고 대답하지 않았을까? 마음이 복잡했다.

어린이집을 나와 터덜터덜 걷는데, 누군가 다가와 어깨를 톡 건드렸다.

"그때, 쿠킹클래스 옆자리에 앉았던. 기억나세요?"

"아, 네."

그제야 그녀의 얼굴이 기억났다.

"어린이집 상담 오셨나 봐요. 등록은 하셨어요?"

유나는 머뭇거렸다.

"여기 괜찮아요. 같이 다녀요."

그녀가 배시시 웃었다.

"원장님이 뭐랄까, 자기애가 강하다고 해야 하나. 그것 빼곤 다 좋아요, 저는."

"아."

"저도 그 부분이 좀 거슬리긴 했는데, 보육하고 사랑 주시는 거에는 오히려 좋기도 해요. 원장님 스스로가 워낙 품

격있다고 생각하시니까, 뭐든 더 좋게 해주려고 늘 의욕이 넘치거든요. 그냥 한가지 불편한 점 정도로 생각하고 있어요. 모두 만족할 순 없으니까. 원래 그렇잖아요. 뱉어낼 순 없는데 뭐, 물고 있으면 그럴 정도의 맛은 있는, 그런 거?"

그녀가 사라지고도 유나는 한참을 그 자리에 서 있었다.

어린이집의 환경이 생경했는지 아이는 일찍 잠자리에 들었다. 유나는 아이의 발밑에 앉아 오랜만에 책을 읽었다. 활자를 하나하나 눈으로 찍다 보니 이런 시간이 얼마 만에 생긴 거지, 머리가 멍해졌다.

깊이 잠든 딸아이 옆에 가서 같은 모양으로 누웠다. 엄마가 유나에게 최근에 보냈던 문자는 다 먹는 얘기뿐이었다.

'잘 먹는 게 제일 중요해. 거르지 말고 잘 먹어. 사서 먹고, 배달시켜 먹고. 응? 만든다고 진 빼지 말고 그냥 뭐든 맛있게. 엄마 말 알아듣지?'

'박서방은 조림을 좋아하지? 그래도 너 좋아하는 거로 먹어.'

'유나야. 밥은 그냥 밥이야. 스트레스 받지 말고 즐겁게

살아. 우리 딸, 알았지?'

유나는 누운 채로 머릿속에 내일의 메뉴를 구상했다. 식탁에 모두 둘러앉은 모습을 떠올리니, 메뉴는 중요치 않았다.

작가의 말

임혜연

이야기를 만들고 그 안에서 새로운 삶을 경험하고 싶었다. 이야기
속 인물이 대범하게 갈등을 넘어서는 모습을 보며 카타르시스를
느낄 수 있겠지, 기대했다. 하지만 내가 만든 인물은 하나같이 소
심하고 슬펐으며, 자주 넘어졌다. 갈등을 극복하기는커녕, 절정에
도착하기도 전 어딘가에 처박혀 엉엉 울고 있었다.

소설을 쓴다는 건, 내 안에 웅크린 나를 들여다보는 과정이었다.
상처에 파묻혀 우두커니 서 있는 나를 발견하고, 한동안 쓰기를 멈
추었다. 못나빠진 내 모습에 너무나 실망해서. 눈앞이 번쩍했다.

징징대며 주저앉은 소설 속 인물들은, 과거 어딘가에 함몰된, 그저 그런 지금의 나였다.

완벽이라는 말은 늘 가슴 한구석을 서늘하게 했다. 강요하는 누군가가 없어도, 나는 늘 완벽해야 할 것 같은 강박에 시달렸다. 무엇이 완벽한 걸까? 그곳에 다다르면 정말 행복하긴 할까? 영원한 숙제이자 갈증이다.

문득 완벽하지 않아도 용감한 언니가 되고 싶어졌다. 평온한 표정으로, 괜찮다고 등을 두드리며 따뜻한 이야기를 술술 풀어내는 변함없는 사람.

어쩌면 우리는 이미 완벽한 하나를 가졌는지도 모른다. 미처 알아차리지 못했거나 혹은 너무 기준이 높아서 몰랐을지도. 제도와 편견에 갇혀 한풀 꺾이고 주저앉았을 여성의 시간을 위로하고 싶었다. 치열하게 하루를 버텼지만, 이유를 알 수 없는 죄책감에 힘들어했을 누군가, 혹은 나.

괜찮다고 말하고 싶다.
지금이 가장 아름다우니까.

테마가 있는 폴앤니나 단편선

언니 믿지?

ⓒ송순진 김서령 최예지 김지원 이명제 정여랑 윤화진 임혜연 2020

초판인쇄 2020년 11월 1일
초판2쇄 2020년 11월 4일

지은이 송순진 김서령 최예지 김지원
        이명제 정여랑 윤화진 임혜연

책임편집 이진
편집 오윤지
디자인 이신애
일러스트 이시호 최서진
제작 최지환
제작처 영신사

펴낸곳 폴앤니나
펴낸이 김서령
출판등록 2018년 3월 14일 제2018-09호
주소 12777 경기 광주시 순암로36번길 87
전화 070-7782-8078
팩스 031-624-8078
대표메일 titatita74@naver.com
홈페이지 www.paulandnina.com
블로그 blog.naver.com/paul_and_nina
페이스북 www.facebook.com/paul2nina
인스타그램 @titatita74

ISBN 979-11-967987-7-2 03810